凤之翔

杨迎新　孙秀华／著

新华出版社

图书在版编目（CIP）数据

凤之翔 / 杨迎新，孙秀华著 . — 北京：新华出版社，2020.8
ISBN 978－7－5166－5264－0

Ⅰ．①凤… Ⅱ．①杨… ②孙… Ⅲ．①纪实文学－中国－当代
Ⅳ．① I25

中国版本图书馆 CIP 数据核字（2020）第 138537 号

凤 之 翔

作　　者：杨迎新　　孙秀华		
选题策划：黄丰文		
责任编辑：祝玉婷	封面设计：嘉海文化	

出版发行：新华出版社

地　　址：北京石景山区京原路 8 号　　邮　　编：100040

网　　址：http://www.xinhuapub.com http://press.xinhuanet.com

经　　销：新华书店

购书热线：010-63077122　　中国新闻书店购书热线：010-63072012

照　　排：嘉海文化

印　　刷：廊坊市新景彩印制版有限公司

成品尺寸：170mm×240mm

印　　张：12　　　　　　　　字　　数：192 千字

版　　次：2020 年 8 月第一版　　印　　次：2020 年 8 月第一次印刷

书　　号：ISBN 978－7－5166－5264－0

定　　价：58.00 元

李凤艳

李凤艳的家乡——河北省迁西县忍字口村

忍字口村背杆儿远近驰名

忍字口村旁600多年在大槐树

李凤兰（后左）、李凤艳与母亲刘玉荣（1984年秋忍字口村）

左起：李凤艳二伍李小利，嫂子刘翠英，哥李忠，大伍李小勇

中学时期的李凤艳

任公社团委书记时的李凤艳

1980 年 12 月 30 日李凤艳与王必顺结婚照

李凤艳（前排左二）任迁西县妇联副主任时与姐妹们合影

李凤艳任迁西县司法局副局长时在河北政法管理干部学院进修

李凤艳（前左二）参加迁安市普法宣传

李凤艳和迁安市法院领导班子成员一起讨论经济建设中的法律问题

1999 年任迁安市人民法院院长的李凤艳（左）在公判大会上宣读宣判词

2016 年 4 月唐山市中院党组成员李凤艳出席市法院、市妇联联席会

手握法槌的李凤艳

李凤艳与同事夏春青

李凤艳在唐山市路南区法院工作时

李凤艳（前排左三）孙秀华（后排中）1999年参加女法官协会年会

李凤艳与好友李志欣（左）同事周会玲

李凤艳与同事梁博合影

李凤艳（前排左三）在国家法官学院培训时留念（2007年4月北京）

2016年湖北猇亭区法院，李凤艳（前左一）参加全国基层法院女院长年会

李凤艳在协会周年大会上讲话　　　　王必顺把捐款交给受助人董香红

2018年12月李凤艳为忍字口小学贫困学生送上捐赠品双肩背书包及书籍

　　李凤艳全家都是志愿者。左起：二女婿孙浩洋、二女儿王冠瑛、王必顺、李凤艳、大女儿王冠博、大女婿李英杰；前排是外孙女孙嘉声，外孙子李骁澎。

　　2020年2月2日，迁西县妇联主席单利江（中）代表县妇联接受王必顺、李凤艳夫妇的捐款，她对此举高度赞赏，并表示将按规定对待善款。

王必顺、李凤艳夫妇　　　　李凤艳与韩立侠于唐山凤凰山

退休之后拍写真，夫妻时尚靓一回

李凤艳一家在梨花节

　　2020年4月5日王必顺与李凤艳和她的哥哥李忠（后排右二）、嫂子刘翠英（后右四）及其晚辈于迁西县公园留影。

迁西县妇女儿童服务协会2018年度总结表彰大会 2018.12.2

图为迁西县妇儿协会2018年年度表彰大会，名誉会长李凤艳和获得先进的代表、会员与特约嘉宾刘春秋、单利江、陈鸿国、李海、刘逸飞、孙秀华、吴树林、张紫艳、杨志田等合影。（过跃冬摄）

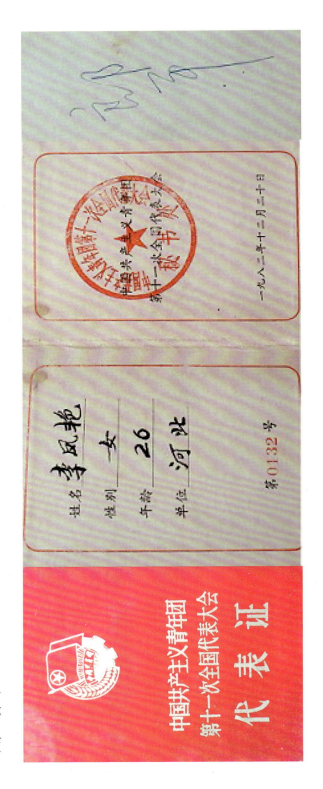

中国共产主义青年团
第十一次全国代表大会
代表证

姓名　李凤艳
性别　女　年龄　26
单位　河北

第0132号

中国共产主义青年团
第十一次全国代表大会
书记处

一九八二年十二月二十日

1982年，任迁西县东河公社团委书记的李凤艳，由于成绩突出，被选为出席中国共产主义青年团第十一次全国代表大会的代表，与中央领导和全国代表合影，并请同为代表的、自己心仪的偶像郎平签字留念。因为她珍藏的有关资料。

2002 年时任河北省高级人民法院院长的李玉成，在迁安视察工作时为李凤艳题词"继往开来"

李凤艳获得三级高级法官证书

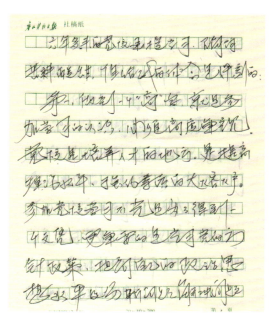

李凤艳谈党校学习收获的手稿

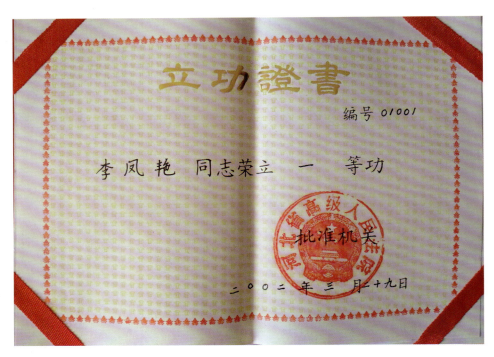

立功證書

编号 01001

李凤艳 同志荣立 一 等功

批准机关

河北省高级人民法院

二〇〇二年三月二十九日

李凤艳获河北省高级人民法院一等功证书、奖章和二等功奖章

二等功奖

中华人民共和国
最高人民法院制

一等功

奖章

中华人民共和国
最高人民法院制

二等功奖

中华人民共和国
最高人民法院制

李凤艳获得的荣誉绶带和部分证书

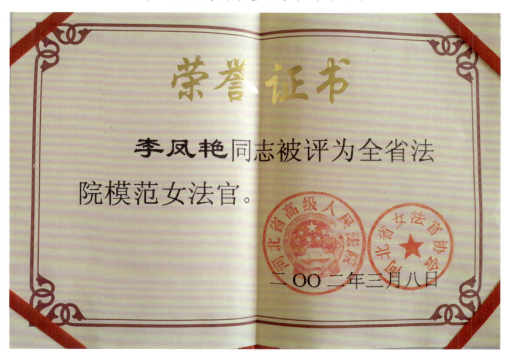

李凤艳、王必顺收到的锦旗

2019年4月李凤艳获"河北省最美巾帼志愿服务家庭"称号

2020年3月李凤艳获最美抗疫个人称号

目　录

长歌当为凤凰吟

这是一部描写优秀女法官李凤艳事迹的纪实文学作品。

书名定为《凤之翔》，显然是受到女法官名字中"凤"的启示而来的，这就需要说明，以凤喻人合适么？此其一。其二，这还涉及到另一个问题：在中国的人名中，尤其是各个年龄段的女性同胞中，像李凤艳这种含有"凤"字的名字，无疑占有非常大的比例，为什么？要回答清楚这样的问题，说来话长，好在话题本身很有意思。

凤凰，华夏民族的主要图腾之一，她是远古先人运用"集美"思维，融合孔雀、燕、鹤、鸡、鹰、金乌（代表太阳的鸟）等多种羽禽特征，想象创造出来的一个象征祥瑞的灵鸟，被称为"百鸟之王"。其主要内涵是通过百鸟朝凤、栖梧食竹、丹凤朝阳、同心团凤、浴火新凤的独特景象，对应展现了王者仁德、君子高洁、和谐祥瑞、爱情美满、涅槃重生的文化意蕴，她经过几千年的发展和积淀所形成的凤凰文化，凝结着人们的聪明智慧，承载着人们对未来的美好愿望和理想，对于提升华夏民族的文明素养和审美情趣，增强民族的认同感和凝聚力，发挥了巨大作用。

华夏民族世世代代对凤凰喜爱，渗透到社会的各个领域，举凡彩陶雕刻、音乐舞蹈、绘画服饰、诗词文章、器物命名，乃至民间习俗，都可发现异彩纷呈的凤凰形象。单从凤凰这两个字说，键入相应关键词上网一搜可知，全国不仅有凤翔县、凤凰县，还有150多个凤凰乡、凤凰镇；有80多座凤凰山、凤凰岭，仅在唐山市，就有两个同名的凤凰山，一座在市中心，一座在本书主人公的家乡迁西县；全国有35个凤凰亭；至于叫凤凰村、集凤村、齐凤村、凤来村的地名，竟然有1200多个！这还不算，人们知道凤凰高贵，"非梧桐不落"，为表达盼凤凰飞来的殷切之意，全国还出现了12座梧桐山（岭）、127个梧桐村！当这些被搜寻的对象以红色标志在地图上显示出来的时候，啊，中华大地上美丽的凤凰，遮天蔽日，蔚为大观，令人叹为观止！

凤凰自身所具有的优秀超凡的属性，产生了强大的感召力，一些杰出人物被喻为凤凰，一些抱负远大的人也常以凤凰自许，成为人们仿效的对象，久而久之，历史上只要诗文突出，或德行功业显著，乃至姿仪优美，皆可称为凤凰。春秋战国时期，孔子被誉为凤凰，比较贤明的楚庄王、忠贞爱国的屈原，皆以凤凰自喻。如果赞扬的是水平不相上下的两个人，则经常龙、凤并提。三国时期的吴国，著有《文赋》的才子陆机，有个弟弟叫陆云，也有才华，吴国尚书闵鸿见后"奇之"，说道，这个孩子若不是"龙驹"，也当是"凤雏"（《晋书·陆云传》）。蜀国军师诸葛亮，号称"卧龙"，而另一位也很厉害的军师庞统，早年则号称"凤雏"，凤雏就是小凤凰的意思，常用来比喻年轻而优异的人才，类似于当今所说的"神童"或"神奇宝贝"。如果人才扎堆，则以几凤名之，唐初的纪室参军薛收，忠勤正直，与其族兄、侄，被誉为"河东三凤"（《旧唐书·薛收传》）。

至于擅长比兴言志的大诗人李白、杜甫，更是凤凰的热情赞美者，因为凤凰是瑞鸟，有"见（同现）则天下安宁"之说，故人们常以讴歌凤凰寄托他们济苍生、安社稷的襟怀，李白在唐天宝（公元742～756年）年间，游览金陵凤凰台时，写下了五古《凤凰台置酒》，高呼"凤凰去已久，正当今日回"。而写于同一时期、也是讴歌凤凰的七律《登金陵凤凰台》，更是脍炙人口："凤凰台上凤凰游，凤去台空江自流。吴宫花草埋幽径，晋代衣冠成古丘。三山半落青天外，二水中分白鹭洲。总为浮云能蔽日，长安不见使人愁。"一些诗家认为，此诗的立意、格局，可与《唐诗三百首》中排名第一的崔颢的《黄鹤楼》一较高低。

而比李白小十几岁的杜甫，则于唐乾元二年（公元759年）游甘肃同谷（今甘肃成县）的凤凰台时，也写下了名篇《凤凰台》，看来在唐代，凤凰台就已经不止一处了，因为传说凤凰饮食奇特，"非竹实不食，非礼泉不饮"，所以杜甫宁愿牺牲自己的一切，要"心以当竹实，血以当礼泉"，去喂养凤凰，何等虔诚！对凤凰的崇拜，这两位顶尖大诗人出奇的一致，据有人统计，李白诗集中，涉及"凤"的有30处，杜甫诗集中，吟到凤和鸾（凤凰的一种）的，则高达64处。李白、杜甫从小就抱负远大，自视甚高，他们对凤凰的纵情讴歌，一方面是希望天降良才，造福社稷苍生；另一方面也是以凤凰为榜样，

追求自己的人生价值，杜甫就说自己"七岁思即壮，开口咏凤凰。"

先贤对凤凰的热爱，为后代士子所仿效，代代相沿，尽管龙图腾逐渐强势，甚至后来居上，但凤凰的地位并未减弱，她所具有的"优异不凡"的内涵，得到稳定的承传，比如以"凤"比喻俊杰，先秦即有，以后两汉唐宋元明清，一直延续，清代康熙年间，上海孙兆奎、孙宗绪、孙麒三兄弟学问渊博，相继考中进士，并著有文集，被乡人比为"三凤和鸣"，并立匾志之，即是一例。

需要指出的是，以凤比人，古代多用于优秀的男性，很少有杰出的女性被称为凤，即使是那些俯视巾帼、不让须眉的著名才女，比如班昭、蔡文姬、李清照、秋瑾等，也是如此，这或许与封建社会男尊女卑的现实有一定关系。

但是，随着男女平等社会的形成，现代文明的发展，凤凰代表优秀的含义不仅得到延续，其指称范围还得到了扩展。据报道，浙江省为打造金融强省，取义"凤凰涅槃"，吸引优质资源，实现上市公司的重组并购，实施了"凤凰计划"；唐山市则围绕新型工业化基地的转型升级，实施"凤凰英才计划"，"改革完善人才培养引进和评价激励机制"（见 2019 年 2 月 25 日《唐山劳动日报》）。凤凰出现在各级政府的公文中，引喻有据，亮人眼目，影响无疑是巨大的。

不仅如此，只要在网上浏览一下改革开放以来的新闻报道即可发现，使用"山沟里飞出了金凤凰"为题目的文章，海量涌现，报道的对象。既有男、也有女，既有人、也有物，举凡考取名校的寒门学子，获得重大荣誉的青年工人，几个被列入"中国传统村落"名录的村庄，一个办得成功的学校，乃至一首动听的歌曲，皆有涉及。几乎可以说，只要符合美好优异的标准，皆可以凤凰名之，"金凤凰"似乎冲破了各种藩篱，在华夏大地自由翱翔，体现了优秀传统文化深厚而强大的生命力。

写到这里，似乎把本书的主人公比为凤凰的缘由已经说完了，可能有细心的读者还会问，既然凤和凰都是指凤凰，主人公又是一位女性，为什么书名不用《凰之翔》呢？

问得有理。照说，古代辞书早有解释，凤凰分雌雄，雄为凤，雌为凰，汉代司马相如的赋《凤求凰》中，也有"凤兮凤兮归故乡，遨游四海求其皇（通凰）"的句子，卓文君被喻为"凰"，这里的"凰"也是指凤凰，但这样的比喻并没有广泛沿用下来，起码在历史的典籍中比较少见，即使后来"凤凰"的词义发生了总体呈阴性的变化，也基本是由"凤"这个字代表凤凰，比如人们熟知的"龙凤呈祥""龙凤胎"，很少有人说"龙凰呈祥""龙凰胎"。

原因何在？凤凰这两个字，是"双字并列合成词"结构，语文和心理学家认为，这样的结构在人们长期使用过程中，受字义读音、历史沉淀、约定俗成等因素的影响，两个字的重要性不会保持均等，而会发生偏移，一个变强一个变弱，凤和凰就是发生了这种变化，以至于"凤"成了凤凰的"代表"。其实，类似现象并不少见，唐代杜甫写诗称赞诸葛亮曰："诸葛大名垂宇宙"，今人平时夸一个人聪明，也说"赛诸葛"，而不说"亮"如何，是一个道理。再说个更近一点的例子吧，2020年1月，乒乓球女子世界排名第三的日本小将伊藤美诚,人们叫这个名字也就两三年的时间,不是也把"美诚"省略、简称"伊藤"了吗?

总之,对凤凰进行了上述一番考察、思考之后,《凤之翔》的书名和全书架构便在脑子里闪现出来了。

写到此,就需要交代一下本书的另一位作者孙秀华了,大约在2007年初的一次聚会上,一位朋友向我热情介绍孙秀华,说她很有写作才能,正准备写她父亲(一位老红军)的传记,希望我能帮忙。朋友之托,自然答应,但也没有太往心里去,因为写传记可不是一件容易的事,没想到半年之后,她还真拿出了一部14万字的《我的父亲》书稿,作品文字流畅,资料丰富,甚至还有20世纪二三十年代的老照片,至为难得,我很高兴地为这部书写了一篇序言,推荐到出版社,书很快出版了,后来听说,这本书受到很多读者的称赞。

2018年初,孙秀华向我介绍了她的好朋友李凤艳的事迹,询问是不是可以合作写一写,我觉得这个人物不简单,值得写,便同意两人合作,共同完成。于是,我们的合作便开始了。

经过细致推敲,认真讨论,我们把女主人公的工作、生活经历分段梳理,用凤凰的飞翔加以呈现,确定了全书的脉络和框架,全书共九章:第一章《凤之地》,写李凤艳的家乡、先辈和学前的童年生活;第二章《凤之搏》,写求学过程;第三章《凤之栖》,写恋爱结婚;第四、五、六、七章,以《凤之鸣》为总题,写她30多年的职场生涯;第八、九章《凤之韵》,写她退休后发挥余热,当志愿者,带领全家为救助贫困妇女儿童做贡献。每一章的内容，大体上是按照先工作、再生活的顺序来写。

写作过程中，主人公身上所展现的不甘平庸创优争先的志气、追求公平正义勇于担当的敬业精神、为国为民大爱无疆的胸怀境界，强烈地感染激励着我们，使我们不避才疏学浅、能力有限，决心把这只美丽的"凤凰"，尽可能生动地呈现在读者面前，以期对社会主义精神文明建设有所贡献。

是为记。

杨迎新

2020 年 2 月 10 日

第一章　凤之地：有金有栗

"凤出于东方君子之国，翱翔四海之外，过昆仑，饮砒柱，灌羽弱水，莫宿风穴，见则天下大安宁。"

——许慎《说文解字》

迁西资源丰富，地下有金矿，地上有栗树，自古驰名，《战国策》谓之"天府"之地。

——《迁西县志》

一、忍字口村添个娃

1956年11月5日，河北省唐山专区迁西县新集乡忍字口村李德善家，诞生一名女婴。

时年38岁的李德善，和与他同岁的妻子刘玉荣，满怀激动和喜悦的心情，迎接这个小生命的到来，这名女婴前头，有个大她七岁的姐姐叫李凤兰，还有个大她五岁的哥哥叫李忠，

李德善夫妇对这个晚来的"小棉袄",自是充满了期盼,"就顺着前头她姐姐的名字,叫凤艳吧,漂漂亮亮的小凤凰,说不定将来很有出息哩!",从此,李凤艳这个名字就在忍字口村扎了根。

迁西县忍子口村牌楼,2016年建造。(孙秀华摄)

庄稼人过日子不容易,从上辈子传下来的观念就是追求"多儿多女多福",而且凡事讲究成双,如今虽说身边已有一儿两女,但李德善夫妇仍然希望再添个儿子,成为两儿两女,以便将来生活上多个帮衬,所以,李凤艳又多了个乳名"领弟",很快,这个名字便在村里传出去了。

添丁进口,家里多了张吃饭的嘴,不管怎么说也是个负担,但李德善并没有觉得有什么压力。1956年,在中国、在迁西县、在忍字口村,都是一个不平凡的年头。

这一年，尽管迁西县普降大雨暴雨，县城大街积水达一米多深，一些山林田舍遭受了不小的损失，还传说淹死了六个人哩，但这点灾情算不了什么，或者说，让更激动人心的合作化高潮冲淡了。

1956年，根据党中央部署，全国基本实现了对农业、手工业、工商业的社会主义改造。全国各地农村在已成立的初级农业社的基础上，成立户数更多、范围更大的高级农业生产合作社。迁西县在1956年2月底就实现了由初级社向高级社的转化，忍字口村成为一个由17个初级社（后来称生产队）组成的高级社。

1956年，也是李德善事业红火、心气正旺的年头。在忍字口村，他算得上是个能人，三十多岁的年华，一米八几的个头，身强力壮，吃苦耐劳，加之有头脑、做事稳重、办事公道，被选为第二生产队队长。

对于肩上的这副担子，李德善踌躇满志，既感沉重，又充满信心。因为他家祖祖辈辈就生活在这片土地上，深深了解、挚爱这片家乡的土地。

从李德善这一代往前推，李德善的祖父叫李如钢，祖母叫李刘氏，具体生卒年月没有记载，两人只有一子，名叫李安，即李德善的父亲，生于农历1893年6月26日，李安娶妻李尹氏，生于1892年，是尹庄乡尹山村人。李安夫妇人丁兴旺，育有四儿两女：

李德善是老大，生于1918年10月6日，1938年6月28日加入共产党，曾任迁西县八路军七区秘密交通员，七区政府所在地就在忍子口附近的一个山沟里面。

忍字口村东大槐树（孙秀华摄）

二弟李德胜，1922 年 7 月 26 日生，1947 年参军，二等残废军人。

三弟李德祥，从小务农，1971 年去世。

四弟李德贤 1930 年 9 月 16 日生，1946 年参军入伍。

大妹李翠芝，1928 年生人，属蛇，2000 年去世。

老妹李翠兰，属虎，1938 年 生 人，2019 年夏去世，享年 83 岁。李翠兰，即李凤艳的老姑在世时，住在尹庄乡新赵庄村，这个村和忍字口村挨着，新赵庄村的一侧，有一棵生长了六百多年的茂盛的大槐树，往东是新赵庄村，往西是忍字口村，这棵大槐树见证了两个村的发展和变迁。李凤艳小时候，经常去老姑家玩儿，成年后，年年带着礼物去看自己的这位老姑，直至去世。

李家祖祖辈辈繁衍生息的迁西县，也是让他们感到自豪的地方。

早在五六千年以前，华夏民族即聚居于此，繁衍生息，商朝属于孤竹国，深厚的夷齐文化在此扎下根基；雄伟的万里长城，在县域北部依山东西蜿蜒 90.5 公里；由内蒙古、承德而来的滦河，南北流经全县 67.5 公里，使得迁西山多水丰，林木繁盛，而且山中特有金矿，林中多产板栗，可谓占尽自然优势，这种优势早在唐朝的《西阳杂咀》就有记载了，谓之："上有栗，下有金"，使得迁西成为一个举世闻名的古意幽远、物华天宝、人杰地灵的所在。

李德善居住的忍字口村，是个有几百户人家、几千口人的大村，也是个有故事的地方。但由于历史上没有留下村志，几户大姓的一些家谱，也在文革"破四旧"中毁失，因此，关于这个村的一些历史沿革，虽然老人们知道一点传闻，但很难找到翔实的文字记载。

不过，据唐山地名专家闫克歧先生考证，这个村始建于明代初年，当时只有四五户人家，系从山东江淮一带移民而来，因为几户人家都推崇儒家的仁义道德，故村名中有"仁字"二字，又因为村子在滦河南岸，河道在这里几次分叉或合流，处于岔口地带，村名又有一个"口"字，故最早的村名就成了"仁字口"。闫先生认为，许多地名是在人们不经意间长期呼唤中慢慢形成的，有时还会不断变化，"仁字口"也经历了这样一个过程。

仁字口靠近河床，每当暴雨连绵，便出现洪涝水患，使这

个村子处于风雨飘摇之中，于是祈求平稳便成为村民的强烈愿望，久而久之，村名"仁字口"便演变成了"稳字口"。

明朝末年，随着经济发展的需要，往来贸易增多，但迁西多山，交通不便，滦河水运的作用日益显现，"稳字口"逐渐成为一个经济繁荣、颇具规模的小港口，越来越多的人涌向这里，成为新的村民，他们有的占山，有的抢码头，因为地界等各种小事，经常发生矛盾摩擦，甚至出现争斗，影响了团结和睦，村里人认为，村民邻里之间互相忍让，比求稳更为重要，加之稳、忍读音相近，慢慢地，村名"稳字口"便又演变成了"忍字口"。

在唐山的地名、村名中，有口字的共有76处，多是因为山形水貌的特征而起的，如迁西县的喜峰口，是因为山形，忍字口则是因为水貌。在唐山以提倡某种道德且有口字的村名并不多，在忍字口以西的遵化市境内，有个村叫君子口，可称为忍字口的姊妹村。

如果从明初1368年算起，走过明朝、清朝、中华民国，到中华人民共和国的1956年，忍字口村已经存在了500多年。换句话说，李凤艳是忍字口村建村500多年后诞生的婴儿。

二、家乡的背杆儿

小时候的事，李凤艳印象最深的是村里的背杆儿。每逢春节，爷爷便牵着她的小手来到吹吹打打、热热闹闹的街上，看背杆儿表演。

忍字口的背杆儿，又称"背芯子"，也叫架杆儿，是迁西县众多民间社火表演的一种，远近闻名，据说已有两百多年的历史。春节期间，村民通过这种方式欢聚一堂，热热闹闹过大年。每年的正月里，背杆儿除了在村里表演，还常到20里地以外的县城和村南10里远的新集镇凤凰山去参加花会表演。

　　背杆儿的结构很简单，就是把一个特制的铁架子绑在背者身上，形如背篓，铁架子上可固定一至三个铁杆，每个铁杆上端固定一个可以坐人的小座，小座上坐着个小孩儿（一般4至8岁），她（他）们穿着鲜艳夺目的戏装，扮成戏中人物，一个个俏丽可人，下面则是身强力壮的壮年男子，也扮成戏中的人物，与小演员上下配合，一起舞动，背者加上上端儿童高达三米多，随着鼓点、踏着碎步进行表

2019年元宵节，忍子口村的背杆儿在迁西县县城表演。（孙秀华摄）

演。如上面的小演员扮的是王宝钏，下面的男子则扮成薛平贵；功夫最厉害的背杆儿表演者，能背三个铁杆，上面站着三个小演员，每逢出现这样的背杆儿，往往成为人们争相围观的对象，比如表演《秦香莲》时，上面的小演员分别是秦香莲、冬哥和

春妹，下面的男子则扮成韩琦。当上面有两、三个孩子时，下面的背杆儿表演者两旁，还要有护驾的跟随，一边一个人，一来保护上面孩子们的安全，二来保护背杆儿表演者。

风很大，很冷，李凤艳的小脸蛋冻得通红，她看得入迷了，问爷爷："上面当中那个穿黑衣裳的是谁呀？"

"秦香莲。"

"两边那两个呢？"

"秦香莲的孩子。"

"秦香莲哭了，孩子也哭了，爷爷，为什么呀？"

"孩子的爸爸叫陈世美，念书中了状元，变坏了，不要他们了。"

"后来呢？"

"后来他们去告状，老包把坏蛋陈世美给铡了！"

李凤艳听得懵懵懂懂的，她不明白，人为什么念了书，当了官，却变坏了，可当她听说铡了坏蛋陈世美，还是觉得挺解气的："哦，该，该！"

爷爷夸奖道："我的宝贝孙女还挺有志气哩！要记着，人的心眼要善，长大了要当个好人啊！"

三、爷爷讲古

李凤艳的爷爷李安，高高的个头，上了岁数，满头银发，身体很强壮，地里的活计，那是一把好手，平时爱说爱笑，晚上喜欢喝点小酒，喝酒的时候，又喜欢讲故事。李安讲的故事，有很多是李凤艳听爸爸说的。

那是很早的事了，李凤艳还没有出生呢。有一天傍晚，爷爷李安从地里干活回来，奶奶在灶间忙活做晚饭，爷爷像往常一样，洗洗手，抓了一把花生，倒上一盅酒，坐在饭桌前先喝几口，这时候，李凤艳的老姑李翠兰哭着回来了，那时她还是个孩子，从小就非常老实，连话都不敢大声说，爷爷问："咋啦？谁欺负我们丫头啦？"李翠兰抹着眼泪，抽抽搭搭地把事情经过说了一遍，原来李翠兰拿块白薯到村里的大街上，边吃边玩，有个男孩子看着眼馋了，向她要一点吃，她不给，男孩子一把抢了她的白薯，跑到一边吃了，李翠兰气哭了。爷爷听完，呵呵乐起来，说："快别委屈了，老闺女，我还以为是什么大不了事呢，不就一块白薯吗？他吃就吃吧，以后遇到这样的事，你手里有吃的，别人饿了想吃一点儿，要掰一块下来，给人家一点儿，人在世上，不能只想着自己，不管是吃的还是用的，只要自己手里有，别人有困难，能帮点儿就帮点儿，记着啊！"李翠兰是个听话的孩子，擦擦泪，点了点头。

这天晚上，李安酒喝得兴奋，趁一家子端着饭碗吃饭的时候，就着李翠兰被抢了白薯的话头，又讲起了故事，只见他以洪亮的嗓音说道：

"咱们迁西这个地方，包括迁安、滦县、滦南的一些地方，在三千多年前属于商朝的一个诸侯国，叫孤竹国，国王有三个儿子，大儿子叫伯夷，仁义厚道，三儿子叫叔齐，聪明能干，国王希望叔齐接班当国王。国王去世后，按照当时的规矩，长子应该继位，但伯夷却说：'应该尊重父亲的遗愿，国君的位置应由三弟叔齐来坐。'于是，他放弃王位，离开了孤竹国。大家推举叔齐继位，叔齐也坚决推辞，说：'我是弟弟，如果当了国君，是对兄长不义，也于礼制不合。'也离开了孤竹国。这就是'兄弟让国'的故事。

"兄弟俩都不当国君，只好由二弟干了，后来周文王起兵灭了商朝，孤竹国也不存在了，伯夷叔齐爱国心切，决定与孤竹国共存亡，坚决不吃周朝的粮食，躲进深山靠吃野菜度日，后来有人讽刺他们说，这山也是周朝的地盘呀，野菜也是周朝的，他们便宁肯饿死，连野菜都不吃了。他们是爱国的硬汉子啊！

"伯夷、叔齐兄弟让国的事，书里有记载，皮影、鼓词里讲得细着呢，体现的是贤德为重、礼义为先，讲究谦让，孔子也尊二人为古代贤人，几千年过去了，从咱们老辈子流传至今，人们信服，你们也不要忘了。

"一家过日子，道理和国家一样，国家讲国格，一家要讲门风、家风。你们哥四个的名字，德善，德胜，德祥，德贤，都有一个德字，就是盼望你们记着这个字，为人处世，以德为先，以义为重，爱国爱家，要做实在人，做个善良人，左邻右舍，村里村外，遇到有利的事，不占尖不取巧，需要吃亏的时候，不躲避，该承担的要承担，能帮人时就帮一把；在家里，要为哥们弟兄着想，出力气的事要抢着干，得好的事，要学会忍让，大的让小的，小的尊敬大的，这样，日子才能过好啊！"

每逢李安讲故事、教育孩子的时候，在一旁的老伴，这位1892 年出生、比丈夫大一岁的"小脚女人"李尹氏，总是面露佩服的神情听着，她和那个时代的大多数女性一样，在家里任劳任怨，相信丈夫所做的一切都是对的，夫唱妇随，相夫教子。她身材不高，也就是一米五几的样子，但模样不错，圆脸，大眼睛，高鼻梁，薄薄的嘴唇，吃苦耐劳，能说能干，家里的活计打理得有条有理。

爷爷奶奶的细心教诲，一家人都爱听，听多了，习惯了，越听越觉得有理，越听越信服，慢慢地变成了一家人共同遵守的律条，遇到事，用不着老人临时指教，都知道怎么处理，一大家子二十几口人，长期"一口锅里抢马勺"，也没有出过大的纠纷，闹过矛盾，日子越过越一心。久而久之，一个家族的门风也就形成了。

到了李凤艳懂事的时候，她最爱听的是爷爷讲新集凤凰山花会的故事，每逢过年，爷爷端起酒盅，孩子们叽叽喳喳围在他跟前的时候，他的兴致极高，话匣子就打开了——

"说起咱们南边的凤凰山，远？不远不远，你们长大了就可以自己跑去看，那可是太热闹啦，拜菩萨，看大戏，过年不去凤凰山玩玩，还能叫过年？好吃好看好玩的，卖什么的都有，那叫热闹呀，呵呵，'新年好，新年到，闺女要花，小子要炮，老头老太太要毡帽'，糖葫芦，大果子，火烧夹熟肉，想吃什么买什么！

"最有意思的是看花会表演了，一拨一拨的，可多啦！什么香会、武会、小车会！高跷、秧歌、大脑袋会！狮子舞、人登会、鞑子捧跤、耍坛子！耍龙灯、跑旱船，忍字口的背杆子！看一天也看不完啊！"

孩子们听得入迷，恨不得马上长高了跑去玩。

"凤凰山真有凤凰吗？"小凤艳问。

"有啊！很久很久的以前哦，从远处飞来了一只凤凰，落在山上不走了，那可是天下最漂亮的鸟呀，她飞到哪里，那里就丰衣足食，老百姓就能过上好日子，哪里有灾有难，她就飞到那里解救灾难，后来这只凤凰老了，飞不动了，卧在山顶，身上燃起大火，一只新凤凰飞上天空，那座山也变成了一只凤凰的模样，你们长大了可以去看看，像不像一只凤凰……

"凤凰是神鸟，能带来福气，人们都希望自己闺女将来能成为凤凰，长大了，有本事了，多行善，多做好事，你姐姐叫李凤兰，你叫李凤艳，都带个凤字，就是盼着你们能成为凤凰啊！"

四、老交通员

李安是李家的独生子，1918年10月6日在他25岁时，生下大儿子李德善，自是疼爱有加，到了德善开蒙的年龄，便把他送进了学堂。"忠厚传家久，诗书继世长"，是中国本分庄户人家最普遍的愿望，李安也不例外，他对李德善寄予了莫大希望，但后来随着孩子增多，土里刨食不易，只得让李德善停止了读书，作为家里的长子，李德善小学没有毕业，便帮助父母挑起了生活担子。

李德善，相貌堂堂，不到18岁，就发育得人高马大，一米八六的个头，浓眉大眼，高高的鼻梁，不胖不瘦，尽管文化不高，但遇事稳重有头脑，办事果断利落，大事小情拿得起来，很快就成了家里的顶梁柱。

1935年，经过媒人中间牵线主持的"换帖"、"定亲"等程序，17岁的李德善迎来一生大喜的日子，一顶花轿将新媳妇抬进了家门，媳妇刘玉荣，生于1918年7月7日，和他同岁，比他大两个多月，是尹庄乡刘台村人，两家离得不远，从忍字口往东走11里地就是。刘玉荣出身贫寒之家，不识字，裹着小脚，但面目清秀，瓜子脸，丹凤眼，樱桃小口，身材高挑，细长的手指，针线活儿又好又快，家里家外，办事大方得体，因此，在村里算得上是个模样标致、心灵手巧的媳妇。

在村务农几年之后，日本侵华，抗日战争爆发了。稳重而机智的李德善，成为迁西县七区交通站的地下交通员。地下交通员是新中国成立以前，经常为中国共产党地下组织、武装力量运送武器弹药、粮食钱物，传递情报信件的同志。这些人分布于乡村社会各个行业，全凭革命觉悟做这项工作，不脱产，没有报酬。

一次，一队日本鬼子突然进入忍字口，必须要把这个消息告诉区里，十万火急，李德善急得直冒汗，事情紧急，他急中生智，挑起了两个水桶，佯装挑水就要出庄，日本鬼子把他拦住了，说："什么的干活？回去！"他说道，我是给太君挑水做饭的，好说歹说，鬼子相信了，他赶紧出庄，把水桶一扔，一口气跑到离村子五里远的山里，把消息告诉了区里，使区机关避免了危险。

在解放战争时期，李德善也是当地党组织的秘密交通员，紧急情况下，给党组织送过多次情报。

五、为帮乡亲扛了五天活

乡亲们都知道，李德善助人为乐，是个热心肠，遇事先为别人考虑。村里找他办事儿，都是千方百计地办，甚至让自己为难，也给别人提供方便。那还是在民国年间，有一次，李德善的二弟身体不舒服，下不了地，在炕上躺着。此时，村里有个乡亲风急火燎地来家里借钱，说是他家里有人病了，急着买药救人，再不拿药，人就没救了！急得哭天抹地的，李德善是那种看不得别人着急的人，他二话没说，就把家里仅有的五毛钱交给了来人，那时的五毛，就是五银角，半块大洋，很值钱呢，可换 150 多铜圆，或是 600 多文铜钱，五毛当时能买 5 斤好猪肉，或是 10 斤好大米哩。

钱借给人家，人家买了药，病很快就好了，说来也是事赶事，老乡没事了，李德善二弟的病却加重了，需要请医生看病，借钱的人家一时又还不了钱，李德善急得无法，只得去富裕人家高息借钱，不多不少，也是借了五毛钱，给二弟买了药，可是还这连本带息的五毛钱，就不容易了，李德善足足给财主家扛了五天活，才把钱挣回来。这样的事情，李德善做了很多，村里人说起来都夸他们一家人性好。

在外让乡亲，在家让别人，是李德善一家人处世原则。这个原则，无论在什么情况下都没有动摇过。新中国成立后，最难熬的日子，就是从 1959 年开始，到 1961 年的"三年困难时期"了，其实这是从全国说的，即使到了 1962 年，日子还是不好过，每天吃不饱，饿得脸、脚浮肿。李凤艳的父亲李德善，是家中长子，1959年，大饥荒开始的时候，他的三个孩子都不大，老大李凤兰10岁，老二李忠7岁，李凤艳才3岁，都是开始能吃能喝、长身体的时候。也正是在困难的岁月，乳名领弟的李凤艳，真的"领来"了一个弟弟，家里又添了一个男婴，只是家里的日子实在困难，这个男孩长到五岁，患病无钱医治而夭折。

李德善夫妇在小家，为人父母，要让着孩子；在大家庭里，是老大，要做表率，让着弟弟妹妹，有好吃的，先给老人吃，然后再给弟弟妹妹吃，真正做到了干活、吃苦在前头，享受在后头。

有一天中午，李德善俩口子干活回来，饿得直打晃，锅里只剩下一碗玉米白薯叶子粥，恨不得想马上喝一口，正在这个时候，二弟和小妹也回了家，饿得四处找吃的，李德善俩口子就赶紧让他们吃，小妹端起碗问道："哥哥嫂子，你们饿不饿？"李德善俩口子异口同声地说："我们不饿，你们吃吧。"话音没落，李德善家里刘玉荣就晕倒在了地上。当时，他们已经两天没吃什么东西了。李安夫妇在旁边看着，哭了，他们心疼儿子、媳妇，赶紧把儿媳刘玉荣扶到炕上，先给她喂了几口水，又赶紧去别人家要了一碗小米粥，媳妇喝了才好起来，婆婆嗔怪道："以后可不能这样了，身体饿坏了，还谁管这个家呀？"

李家是个大家庭，李德善两口子是老大，上有老、下有小，平辈的有弟弟妹妹、小叔子小姑子，事情处理不好，容易出矛盾，但多年来李家没有不团结，不和谐，更没有闹过矛盾。

六、能干的生产队长

新中国成立后，自从实行农业合作化以来，李德善就被选为忍子口村第二生产队队长，一直到他 52 岁去世，连续当了15 年。他一心为公，办事公道，具有一定的商业头脑，除了抓好农业生产，还带领社员大力发展队办企业，增加集体收入，建立了油坊加工点、染布坊、挂面坊，一时红红火火。当时，生产力水平很低，许多生产队，一个最强的男劳动力，劳动一天的工分值，不到一角钱，低的二、三分钱，有的甚至要"倒找钱"，但二队一个"整劳力"（男劳力中工分最高者）的工分值，竟高达七八角钱，最高甚至超过一元，成为附近分值最高的生产队，李德善曾经多次受到表彰。

李德善为人正直，作为生产队长，不论亲疏远近，办事公道，坚持原则，"一碗水端平"。生产队是集体劳动，每天敲钟后集合出工，集合迅速，才能保证效率，但社员们因为种种原因，经常出现"腰来腿不来"的情况，耽误时间，来得早的人，心里自然有气，影响大家的积极性。为了改变这种状况，李德善除了自己以身作则，每天早早来到集合地点外，同时严格按规矩办事，对来得晚的人批评、扣分。有一次，他的亲叔伯弟弟和另一个社员来晚了，他当众宣布，每个人各扣两分，但他又讲究方式方法，在大家快要下班时，他又让这两人在别人走后多干半个小时，晚上记工分时，他又当众通知会计，"两人把活计补回来了，补上二分，记全分"。这个结果，来晚的人心服口服，大家也没有意见。

当干部和群众发生了矛盾，只要不是原则性的大问题，李德善要求干部要让群众，而且他自己首先带头做到。一次是生产队分玉米。已经分完了，一个社员回队找到分玉米的会计说，自己的玉米不够秤，缺三两，两人吵了起来，一个说缺，一个说不缺，可是队里的玉米已经分光，没有多余的了。两人一起来到了队长家，李德善听完了事情经过，让他们消消气，先回家，队里商量一下。两人走后，李德善有了主意，和老伴刘玉荣说道："这么些年了，会计是公道的，不会故意克扣哪一家；老王家里也不是那种贪图'占尖'的人，无非就是人多忙乱，秤杆子没把握好，可这事不解决好，影响不好啊！还是从咱家的口袋里舀一碗玉米吧！"

和往常一样，凡是遇到这样的事，刘玉荣都是非常"好说话"，从不反对，拿碗舀了多半碗玉米，放到了桌子上，因为她相信丈夫说话办事是有道理的。晚上，李德善端着玉米到了会计家，说道，不就差那么几两粮食吗？也就是秤高秤低的事，再说事都过去了，也说不清楚，咱们当干部的就得忍一点，让一点，宁可吃点亏，也不要和群众斤斤计较。他让会计把玉米送到那户社员家，说是队里给补的，事情过去后，会计和那户社员的矛盾化解了，关系比以前还融洽。

李德善一心为公的思想境界，和灵活得体的工作方法，给李凤艳留下了深刻的印象，以致于多少年后，她感慨道："爸爸当队长时的这两件事，我记得最清楚，不管是上学当班长，还是后来工作中当局长、院长，都成为我衡量自己的一个标杆，

那就是：'领导处理问题，要舍小家，为大家，要公平公正，奖惩分明。'这当然是后话。

一个生产队，几十户人家，百八十口人，李德善作为生产队长，就是当家人，社员每天出工，他都得"点将"分派活计，不论大拨的，还是单个人的活计，怎么干，注意什么，他都要交代清楚。社员们领完活计，下地了，他就来到油坊、染坊和挂面加工点，产品质量怎么样，产量够不够销售，收支有没有问题，等等。甚至家家户户的矛盾纠纷、大事小情也得操心，俗话说，"两眼一睁，忙到关灯"，每天都是队里的事，李德善身体好，很少生病，因为忙，手头事多，平时老伴刘玉荣刚把饭菜端上饭桌，还烫嘴呢，他就唏里呼噜吃完，一抹嘴，又去生产队了。

但李德善50岁左右的时候，细心的刘玉荣发现，丈夫吃饭不如以前快了，偶尔会出现咽东西费劲的样子，刘玉荣心里琢磨，是不是饭菜粗，不顺口？粗粮硬菜，难免会吃得慢，甚至会划伤嗓子的，她想起了1959年至1961年"三年困难时期"的"瓜菜代"岁月，那可是最苦的日子啊，家庭主妇们作为一家的生活"总管"，不仅苦，而且为难，难在"巧妇难为无米之炊"，粮食不够吃，上级号召以瓜菜代替，李凤兰、李忠姐弟俩放学回来，就去河边沟沿或是山坡，采树叶，挖野菜，吃过杨树芽、柳树芽、洋槐花、核桃花、榆树花、段树叶子；吃过人辛菜、猪毛菜、马山菜、落菱子、鸡爪子草，甚至吃过玉米皮、玉米骨头、栗扑棱，那可是真难下咽啊！丈夫难道是那时坐下的病根？

三年困难时期过去了，不挨饿了，比过去强多了，但庄户人家的细粮还是紧缺，天天离不开的饭食，主要就是玉米饼子、面粥、高粱米饭，这肯定比大米白面划嗓子。

"是不是饭菜不顺口？"刘玉荣问。

李德善摇摇头，"就是觉得胸腔那儿发热，咽东西的时候，不顺当，火烧火燎的。"接着又说，"这一阵子事多，可能上火了。"刘玉荣想想，觉得也是，劝道："你吃不下东西，身体会扛不住的，歇两天吧，我去队里和书记说一声，让别人先张罗着。"李德善道："这几摊子都是我经手办的，现在是关键时候，心里放不下，万一半途而废，生产队损失就大了，对不住大伙。"说着，向生产队走去，刘玉荣叹口气，望着他的背影，流下了眼泪。

到 1969 年 3、4 月份，李德善的病情越发严重，吃饭越来越慢，从来没有挑拣过饭菜的他，饭菜冷了不行，热了不行，吃饭像吃苦药一样艰难。开始，他总说自己喉咙里有东西挡着，或是粘着菜叶什么的，便使劲漱口，也没发现什么，后来发展到吃东西呕吐，老伴和孩子们心急如焚，劝他不能出工了，赶紧到医院看看，他也感到不大对劲，就让儿子李忠陪着去了医院，检查结果竟然是食道癌，而且到了晚期！消息如晴天霹雳，把一家子惊得目瞪口呆，笼罩在一片愁云惨雾之中，刘玉荣背地里大哭过几次，但当着李德善的面，她还得装成没事人一样，而且嘱咐孩子们不能让爸爸看出他们难过，要哄着他高兴。

倒是一辈子没有服过输的李德善十分坚强，他决心和病魔

斗一斗，让李忠陪他到处寻医求药，跑了不少地方，"病魔斗不过我，说不定有什么偏方能治呢！"

因为进食艰难，呕吐严重，甚至连喝水都吐，李德善每天只能靠输液维持生命，身体越来越瘦弱。俗话说，"有病乱投医"，全家心急如焚，四处寻医找药，打听治疗食道癌的偏方。

一天，李凤艳向一位外地来村行医的老先生打听治疗食道癌的药方，老先生摸着花白的胡子，沉吟道："闺女，这病治起来不容易哦，偏方倒是有，但效果大不大，谁也不敢保证，书上记载着一种草药，这种药草常常生长在几百米高的山崖上，这里好像没有高山啊？"

"有！叫羊登山，很高哩！"李凤艳赶紧回答道。说来也巧，不久前，她需要去山上采另外一种药，班里一个姓王的同学告诉她，他们那里有座山叫羊登山，山很高很高，并领着她去了山上。

"哦，可是这种药草一般生长南方，北方很少见，运气好的话也许能找到，要不怕麻烦，仔细找才行。"

"我不怕麻烦，这药草叫什么名字？"

"白花蛇舌草。"

"啊！"——李凤艳触电般地一惊，差点叫出声来。

是"白花蛇"三字，把她惊到了，她忘不了那一幕：

读小学三年级那年的夏天，班里一个男生裤衩的松紧带儿断了，老师说，出现困难大家帮，学习雷锋叔叔见行动，谁帮助他缝缝呀？要不就掉裤子了。李凤艳自告奋勇道，"我离家近"。回去找针线，把裤子缝上，十一岁的李凤艳，也不大会针线活，拿来针线，好歹算是把松紧带缝上了，为此老师在班上表扬了她，说道："把松紧带缝好就不用买新的了，同学们要学会省俭过日子，这就是艰苦朴素的精神，'政治上要高标准，生活上要低标准'，这是革命的要求，这样才能成为合格的接班人。"

李凤艳是个特别听老师话的孩子，花花绿绿的松紧带，断了也不能丢，接上还可以用，印在了她的脑子里。一个星期六，她的爷爷扛着锄头去榜地，她和哥哥李忠跟着爷爷去玩，突然看见地上有一个花花绿绿的像松紧带儿那样的东西，"松紧带有用，捡一个也挺好啊！"结果一伸手，原来是条小"长虫"（小花蛇）！吓得她大哭起来，哥哥和爷爷赶紧跑了过来，问清缘由，赶紧安慰一番才算了事。

从此，她非常怕蛇。

但为了治好父亲的病，她下定决心，不管山多高，困难多大，有没有蛇，也要把草药采回来，她详细地向老先生询问了白花蛇舌草的样子，老先生告诉她，"草从基部长出分枝，茎扁圆柱形，呈披散状，一尺多高，开白色的喇叭花"，她默默记下来，然后一路打听着找到了羊登山，一边向山顶攀登，一边用木棍拨拉身边的草丛，认真寻找白花蛇舌草，终于在一个石头缝里，找到了样子相似的这种草，幸运的是没有碰到花蛇。

她把药草采了回来，到家后把草药捣碎，用纱布拧出了半小杯药汁，把药端到李德善跟前，李凤艳向父亲说明情况道："爸爸，你喝了吧。"像往常一样，药熬好端上来，家人就开始劝李德善喝药，有时候劝半天，他也不端药碗，倒不是他娇

气怕药苦，是这个病把他害苦了，连喝一口水都钻心的疼，不管喝了什么都会吐，可今天，他听完女儿的一席话，顿时眼睛湿润了，伸出瘦骨嶙峋的手，接过药碗，微笑着说，"老闺女找的良药，喝下去就好，我喝！"说着，端起碗，头一昂，一口就把药喝了，而且喝了药，也没有吐，晚上熬的小米粥，他还喝了点儿米汤，全家人都非常高兴。

可惜，病情终究未见好转，他似乎预感自己的时间不多了，在卧床不起的三个月时间里，他一会儿打听亲戚朋友如何，一会儿打听生产队副业怎么样，一会儿打听大队有啥部署，经常嘱咐凤兰姐儿仨说，我这一辈子就到这了，你们要努力，把你妈照顾好，把家维护好，往后的日子长着呢。

他还挂念李凤艳的一个叫李淑艳的同学，她是陈沟村人，离忍字口五里地，上学时她得翻过一座山梁，才能到学校，遇到刮风下雨的天气，李德善两口子就叫姑娘吃住在自己家，一来省得跑远路，二来和李凤艳也是个伴，只要听到天气预报刮风下雨或下雪，他就对李凤艳说，这两天天气不好，告诉你那个同学，让她上咱们家住吧。李德善卧床的这三个月，经常刮风下雨，李德善望着窗外，念叨最多的就是这件事，他好像怕以后他不在了，家里人会忘了这件事似的。一次，李淑艳来了，吃饭时，心疼地说："叔叔，总不吃饭哪行啊，要不来吃一口试试吧？"李德善眼里闪着泪光，突然说："闺女，你跟李凤艳认干姐妹吧，以后别叫叔了，叫爸爸吧。"当时人们都愣了，因为李德善向来不赞成认干亲，李凤艳也有些不解，背后悄悄问妈妈，刘玉荣道："你爸主要是担心以后他不在了，遇到刮风下雨的天气，家里忘了留李淑艳在咱家这码事，他也怕李淑艳客气，不好意思，认了亲，这里就成了她的家，她就习惯了。再说，你爸也是想让你多个伴儿，互相有个照应。"成为干姐妹的李凤艳、李淑艳，一直保持着良好的关系，后来李淑艳嫁到了东北大庆，虽然见面少了，但依然保持着联系。

　　1969 年 8 月的一天，大雨倾盆，李德善走完了他 52 岁的一生，大队给买了一口杨木棺材，很多人冒雨前来送行，告别仪式上，村党支部书记代表全村，介绍了李德善的生平，说他担任生产队长 15 年来，一心为公，领导有方，乐于助人，是村里的优秀党员、能干的生产队长，是人们学习的好榜样，说的人们都哭了。

第二章　凤之搏：要强的性格

吾令凤鸟飞腾兮，继之以日夜。

——《屈原·离骚》

一、能说善写的"小秀才"

1964 年，8 周岁的李凤艳，进入本村忍字口小学，读一年级。

1966 年，无产阶级文化大革命发生，全国从小学到高中，从原来的 12 年，变为"九年一贯制"，即小学 5 年，初中 2 年，高中 2 年，比原来的学习时间减少了 3 年。

此时，她的姐姐李凤兰 15 岁，已经辍学在家，帮助父母挑起了生活的重担。李凤兰 1963 年小学毕业，本来学习优异，考上了迁西有名的新集镇中学，因为家里生活困难，没钱上学，看到父母的艰难，身为老大而又懂事的她，虽然心有不甘，只好认命，同意辍学，"我不上了，让兄弟妹妹上吧"。为此，她背地里不知哭了多少次。从此以后，在家务农出工，照顾家里，备尝艰辛。后来嫁到新集镇泉庄村，当过一阵民办教师；丈夫朱得来，也是老师，后来以小教高级职称退休，夫妻二人一直在泉庄村生活。

她的哥哥李忠，此时13岁，也正在忍字口小学读五年级，他1965年考上初中，中间经历了文化大革命，本应1968年毕业，但此时的学校，乱哄哄的，基本学不到什么知识，便回家务农，后来在生产队当了会计。1969年李德善去世之后，他当了生产队的队长，逐渐成了家里的顶梁柱。

因为受姐姐、哥哥上学的影响，李凤艳在很早的时候，就羡慕上学，学着拿粉笔在地上、墙上涂鸦了，她清楚地记得，大概是5周岁的时候，爸爸背着她去西庄村看戏，一路上，一边举着一边说，"老闺女，看大戏，学好人，做好事"。她就问爸爸，什么是做好事呀。爸爸说，关心别人胜过关心自己，帮着别人克服困难，就是做好事。李凤艳记在心里，便拿着粉笔，把"看大戏，做好事"这几个字，歪歪扭扭地写在家里的墙上了，后来有人来串门，见墙上涂抹得像大花脸似的，就说，在墙上乱写乱画不好看，后来她就给擦掉了，不过，爸爸说的这些话，在她心里生了根。

李凤艳从小受当生产队长父亲的影响，比一般孩子懂事早，能担事，会办事，出头露面也不怵头，而且学习好，语文、算术成绩经常是"双百"（两个100分），因此受到老师的青睐，当上了学习委员，后来又当班长。从一年级到五年级，都是班长。

李凤艳从小爱好语文课，尤其喜欢作文。小学三年级时，

开始有作文了，第一篇作文，要求写自己最熟悉的一位亲人，她写的是《我的爸爸》："我爸爸是党员，当过交通员，我要向他学习……"非常简短的一篇作文，李春青老师给的评语却很高："写得非常好，要继续努力。"赏识教育最容易在心灵开花结果，老师的几句话，给了她极大的鼓舞，使她决心学好语文课，写出好作文，上课写，下课练，简直像入了迷一样，作文写得越来越顺畅，进入五年级的时候，一篇精彩的、欢迎解放军发言稿，让她大受夸奖。

那是在1968年，李凤艳12岁，上小学五年级的时候，解放军某部到忍字口村安装电缆，住进了村里的各家各户，李凤艳家里也住进了解放军，她亲眼看到解放军早晨出操、晚上演练，星期日和老百姓一起包饺子，觉得非常羡慕，恰好在这时，地方政府要召开欢迎部队大会，公社代表、大队代表、学生代表上台讲话。李凤艳被选为忍字口小学的学生代表讲话，她又激动又紧张，老师让她先起草一个讲话稿，她写了三层意思，欢迎解放军叔叔进村，为国家电力做贡献；向解放军叔叔学习纪律严明作风；然后表个态，我们小学生应该如何如何……她写完后交给老师修改，老师一看很惊讶，说你写的发言稿，符合要求，干净利落，不用改。开会那天，戴着红领巾的李凤艳，大大方方地在台上一站，照着稿子清脆流利地叭叭一念，一句也没打奔儿，听的人都感到很提气，纷纷问，这小姑娘是哪家的？说话咋这么棒啊！人们的夸奖传到李德善的耳朵里，他自然心里高兴，鼓励她不要骄傲，要继续努力。

上初中之后，她感觉自己越来越喜欢语文，父亲告诉她，人生有个特长是好事，生活、工作中，语文用处最广，自此之后，她学习语文更加努力，进入高中，语文老师林玉又给她很多鼓励，因为基础比较扎实，所以语文成绩一直名列前茅，她的作文经常被老师选为范文，在班上朗读。

二、优秀班干部

在学校里，被选为班干部的学生，多是学习好、又热心集体事业的学生，李凤艳就是这种情况，从小学到初中、高中，她的学习成绩都是在前三名以内，而且思想追求上进，热心班里的事，这样，在老师的教育、引导和帮助下，她从戴红领巾开始，就一直当班长。1969年10月26日，上初一的时候，她入了团，当了团支部书记，在学校组织的各项活动、竞赛中，从未落后过，几乎都是第一。

中学时代的李凤艳

1969年上初中的时候，因为父亲去世，母亲对李凤艳说，"不行别上学了，家里困难，上不起，再说你姐姐出门子了，你哥当生产队长，搞建筑总在外头，家里就剩我一个人，心里难受。"懂事的李凤艳听了，心疼母亲，只好答应不再上学，可心里实在想上学，便偷偷跟哥哥姐姐商量，他们告诉她，可以背地里找老师补课，从那以后，有3个多月，她一直在家帮助母亲做家务，晚上偷着找老师把一天的课都补上，过了3个

月以后，李凤艳看到母亲精神好多了，就跟母亲商量，还是想要上学，并和母亲说："老师们都支持我接着上，说半途而废太可惜了，再说读了书，将来长大了以后有出息，也好挣钱给您老花呀！"一席话把母亲说服了，李凤艳又回到了让她日思夜想的学校，功课没落下，还是继续当班长。

回忆起初中的学习生活，李凤艳永远忘不了帮助过她的许多老师，其中，学校团委书记兼政治课老师韩永清，给她留下了深刻印象："韩老师讲课和蔼可亲，生动活泼，从容自如，很少看备课本，同学们听得专心入神，他对学生爱护备至，诲人不倦。一次有个同学因病落下很长时间的课，希望老师帮忙补课，韩老师连续一周推迟晚饭时间，给这位同学补课，同学的家长感动的落泪。韩老师对我的帮助太多太大了！真正做到了爱生如子啊，教育引导我入了团，担任了班团支部书记……"

三、生产队的"半边天"

1973年1月，李凤艳高中毕业了，那时候，高考还没有恢复，大学招生，是由基层组织根据本人表现推荐并经过有关部门批准才能够上学，而且大学毕业后，还要"社来社去"，回到推荐地工作，当时叫"工农兵大学生"。李凤艳高中毕业以后也是回家，在生产队参加劳动。

李凤艳一回村，就令人刮目相看，这自然与她是前队长的女儿、礼貌懂事有关，与她在学校品学兼优有关，还有就是她已经不是原来那个头上扎两个小刷子的黄毛丫头，而是成为一

个大姑娘了。此时的她，正值碧
玉年华，已出落得一米七零的个
头，身材高挑却不纤弱，乌黑的
齐耳短发，脸色白里透红，朴实，
清纯，健美，正像她后来回忆的，
当时身体那叫好，长那么大，没
吃过一片药，浑身有使不完的劲
儿。所以，当英姿飒爽的李凤艳
在街口一站，乡亲们就眼前一亮，
啧啧称赞："李德善的老闺女，
这么大了，一棵好苗子啊！"

李凤艳高中毕业后

"好苗子"，是当时广泛流
行的、通俗的政治术语，是领导者对表现突出、能够托付重任
的青少年的赞誉。李凤艳一回到忍字口村第二生产队，就被选
为妇女队长。

在农家长大的李凤艳，对家里的活计都不陌生，尤其是她
的父亲去世以后，要种自留地，庄稼地里的活计都得有人干，
自立要强的性格，让她学会了刨玉米茬子、锄地、扶犁、点种，
连打高粱、起猪圈这些一般是男人干的活计，她也能干，农村
最累的活计脱坯、搭炕，她也不怵头。因为不怕苦不怕累，干
得好，几个月后又被选为生产队长，每天工分由七分长到十分，
当时强调"男女同工同酬"，十分，是青壮男劳力的最高分。

1973 年 9 月，忍字口大队妇联主任兼出纳李翠文，被保
送去上大学，属于"社来社去"的那种，大队党支部决定由李

凤艳接替她的工作，开始李凤艳很犹豫，觉得自己能力不够，怕干不好，李翠文是她当家子的一个姑姑，就说她肯定能干好，"不会可以学，我教你"。大队党支部书记李汉，副书记李春云，更是鼓励她大胆干，"遇到困难不要怕，有组织呢！"终于使她下决心接下了这副担子。

忍字口生产大队，是由全村的17个生产队组成的，工作涉及方方面面，比生产队繁杂多了，17岁的李凤艳，担任了妇联主任和出纳，村里家长里短，常有矛盾发生，她经常和调解主任一起，调解民事纠纷，开展评选"好媳妇，好婆婆"的工作。另外，由于她年轻有文化，平时主要在大队值班，迎来送往，等于是大队部的一个秘书，大队的许多具体事，都要先经过她的手。新官上任，"万事开头难"，首先遇到的是，要学会使用大队的广播喇叭，叫人啦，开会通知啦，要通过它传达到家家户户，这还好说，很快就熟练了。可开通广播拿起话筒，李凤艳又犯难了，村里讲究论乡亲辈，她的辈分最小，李书记也是爷辈，难道要叔叔婶婶爷爷奶奶的称呼吗？李书记告诉她，工作场合可以叫他书记，背地里叫爷；场面上的叫人，开会通知，一律称"社员同志"。李凤艳虚心好学，工作很快就顺利开展起来了。

那个时候，忍字口村的广播喇叭里，在一阵雄壮昂扬的开始曲之后，经常响起李凤艳清脆的声音：

"全体社员同志们注意啦，现在广播一个通知，生产队长以上干部，今天下午两点到大队来开会。"

"××同志，××同志：你们换粮票的介绍信已经开好，请你们早饭后上大队来拿。"

……

当时社员外出办事使用粮票，要拿着粮食到新集镇粮站去换，而且必须带着大队盖章的介绍信，例如"兹有我村某某某，去您处换粮票50斤，请予办理。"都是头天告诉李凤艳，她开好了，第二天通知社员去取，人们往往趁赶集的时候，顺便换粮票，工作量很大。不管春夏秋冬，每天早晨起来，李凤艳都是第一个到大队部，打扫干净，开通广播，客气礼貌地迎候来办事的社员，晚上她经常是最后一个离开，她永远记得父亲对她的嘱咐，你是穷人家的孩子，没有啥了不起的，不要骄傲，要实心实意给社员办事，因为态度好，从来不嫌麻烦，受到社员的夸奖。

由于工作出色，1974年10月22日，李凤艳被批准成为中国共产党党员，任大队党支部委员，除了继续担任村妇联主任、现金出纳之外，又兼任民兵连长和团支部书记，甚至上面布置下来的、一时又找不到人手的工作，也都落到了李凤艳的头上，她成了村里名副其实的"半边天"。

这不，1974年春节临近，全国上演了电影《半篮花生》，引起热烈反响，内容是：一家四口人，爸妈，小女孩晓华，哥哥东升，晓华从生产队的地里捡了半篮"地脚"花生，拿回了家，哥哥说妹妹自私，要交给生产队，妈妈不同意交，要给最爱吃花生的晓华煮着吃，爸爸认为应该交，并讲了一番道理，最后大家认识达到一致：要一切为公，不要为私，花生应该交给生产队。逢年过节，县里、公社经常要求下边排练移风易俗的有

意义的节目，各乡村文艺宣传队，争相把这部电影的情节搬上戏台，忍字口村自然不甘落后，李凤艳组织建立了大队文艺宣传队，请来村里著名的老艺人李云作指导，日夜排练了小评剧《半篮花生》。李云老人懂评剧艺术，会编词谱曲，还会乐器，最拿手的是唢呐独奏，远近闻名，他教演员们排戏很严格，偷懒不用心还打手心哩。过去多年之后，李凤艳还记这样几句经典唱词：

晓华："晓华我放学刚回家，

拿起竹篮往外走啊，

捡了半篮花生交给哪？"

爸爸："捡了东西要交给公家啊"……

小评剧《半篮花生》演出很成功，社员们常常一边看戏一边议论，"东头老李家二丫头演得不错！"，"东升是谁家的孩子演的？哈哈，有点紧张，忘词了"。

不到20岁的李凤艳，文武全才，在生产劳动上更是"巾帼不让须眉"。

那时候，"抓革命，促生产"，组建队伍好用大名号，比如某某"兵团"，李凤艳作为妇联主任、民兵连长、团支部书记，就组织过三大"兵团"，即：由妇女组成的"三八"兵团，由民兵组成的"八一"兵团，由团员青年组成的"五四"兵团，用来突击完成生产中最艰难的任务。在这些"兵团"中，她都是身先士卒打头阵。

在"三八"兵团中，最核心的队伍是由年轻姑娘组成的"铁姑娘队"，"铁姑娘"是当时响彻全国的名称，各条战线几乎都组织了这种队伍，要求冲锋陷阵、敢打敢拼"啃硬骨头"。当时，忍字口铁姑娘战斗队承担的最艰苦的任务，是从附近的黑土山上挖土，挑到北河滩的一大片鹅卵石上，"垫地造田"，每人一根扁担、两个筐，筐里的土有百八十斤，来去得有五公里，李凤艳都是挑着担子前头走，累了就带头唱歌，竟然一鼓作气垫了几十亩地！

第二个兵团是"八一"兵团，李凤艳是民兵连长，也得打头阵。组织民兵打靶，一人三发子弹，半自动步枪，李凤艳持枪卧倒，啪啪啪，三发子弹竟打了27环，大家拍手叫好。组织男女民兵开展拔麦子比赛，李凤艳道："男民兵几条垄，女民兵也几条垄，看谁拔得快，谁先到头谁歇着。"女民兵竟然常操胜券。

1974年初，李凤艳带领"五四"兵团，在忍字口村南边修水库大坝那场战役，是她印象最深的。

那个时候，领导者既是指挥员也是战斗员，李凤艳带领"五四"兵团的青年男女，一直奋战在修建水库大坝的现场。

那可是真干呀！一百斤重的水泥袋子，手一拎夹到腋下就走，小伙子夹一袋儿，李凤艳也能夹一袋。在大坝已经修得挺高的时候，一天早上，她没顾得上吃饭，就到坝上坚持卸水泥，当又夹了一袋水泥，登上大坝，到了和水泥的地方把水泥袋一扔，突然感到一阵头晕，身子一歪，就脑袋朝下栽下去了！栽下去的那一瞬间，她心想，坏了！大坝下面是山坡，山坡几十米深，又高又陡，有树有荆棘，有石头。万幸的是，恰好在坡下两米多处，有一个树杈，挂住了她裤子上的裤鼻，勾的还挺

2018年8月，李凤艳在村南忍子口村水库大坝前，回忆当年建造大坝时的情景。（孙秀华摄）

结实，才没有摔到山沟。后来，有人用绳子系在腰上，下去施救，才把她拽上来，看着吊在半空中的李凤艳，人们惊恐万分，都说她命大。

李凤艳被救上来之后，连说"没事没事"，大伙心疼她，赶紧让她回家休息。回家后，她吃了午饭，下午又去上班了，继续搬水泥，人们好说歹说，不让她搬水泥了，改为和水泥。后来，每当人们说起当年建设大坝、李凤艳拼命工作摔下山的事，没有一个不伸大拇指的。2018年，李凤艳回村看望乡亲，当年的大队党支部书记李春云说："当年修水库大坝，凤艳可是吃了大苦、立大功了，村里老少爷们儿，不会忘记你呀！"

1976年春，因滦河每年在忍子口村北流过，雨水大的年头，河水易道，经常泛滥，淹没土地，大队决定，在村北筑起一道拦水坝，阻拦河水改道，避免冲地。当时大队书记李春云和李凤艳都到达现场，经过勘察后，经验丰富的李春云书记，用脚取直蹚出一条线，对李凤艳说："就从这里修起，你带人干吧，我得干别的去。"李凤艳说："行，没问题。"就带领"五四"兵团的青年团员们，风风火火地干起来了。

令人没有想到的是，拦水坝在修筑到400米时，更大的考验又来了。1976年7月28日凌晨3:42分，唐山大地震发生时，村里的团员们正在"三班倒"修这个

2018年8月，李凤艳与忍子口村当年村干部李庆来（左一）李春云（左二）李金国（左四）来到村北绿树成荫的拦水堤上，李春云讲述1976年筑堤的情景。（孙秀华摄）

拦水坝呢，第一班是白天班，干到傍晚7点钟；李凤艳是第二班，晚上7点上班，到后半夜2点下班；第三班接李凤艳的班，干到早上8点钟。

李凤艳家，北屋三间一明两暗，西屋住的是哥嫂和孩子已经睡下，她和母亲住东屋，下班到家后，她烧点热水洗吧洗吧刚躺下，大地震便发生了，"哥、嫂子地震了，快跑！"李凤艳边喊，边拽起妈妈往外跑，一家人刚到当院，东屋西屋的两面山墙，轰隆一声全倒了！

对于担负责任的领导干部来说，灾情就是召唤，就是命令！李凤艳看看自家房子虽然倒塌，但母亲、哥嫂孩子无恙，就对

哥嫂道："我得去大队看看，咱妈你们就多费心吧！"便飞快地向大队部跑去，四点多到了大队部，一片漆黑，但有说话声，大队主要领导陆续都来了，大家迅速商量决定，派三个人分头去办：统计人员伤亡和房屋倒塌情况；购买火柴油灯；查看村里的水井有没有水，看看哪个水井能吃。然后一个人包一个生产队，李凤艳说，我年轻，跑得快，去西区最远的十七队西山村吧。当时她急得没回家取自行车，一路小跑就去了，到西山一看，房屋倒塌不少，但人员没有伤亡，心里顿时踏实了一些。

地震过后，余震不断，传言很多，人心惶惶，县和公社的救灾指挥部下了死命令：采取一切必要的救助和安全措施，各级干部分片包村包户，落实到人头，解决生活困难，保证在余震期间不死一个人！于是，干部们找材料搭简易棚，给大伙儿支起大锅煮面蒸饭。当时认为，余震发生时，山上最安全，所以，一有动静，干部们就到村里边，一家一户地把人们动员出来带到山上，平静了再把人带回来，李凤艳每天提着一个草袋子，坚守在所负责的生产队，困了，草袋子一铺，躺在上边睡会儿。余震了，挨家挨户去"搜人"，保证一个不丢。

有一次，地又抖动，李凤艳跑到李老汉家，劝他离开家，李老汉腿有些毛病，上山不方便，怕给人添麻烦，另外他也不相信余震有危险，是村里最难做工作的，曾经几次被人背出来，又固执地悄悄回去，这次见和颜悦色的李凤艳来劝，说自己不出去，宁可死在屋里，也不用你背了。李凤艳一个劲儿地说好话，"爷啊，爷啊，屋里太危险了，再说这也是上级命令呀，您老不出去，孙女我就要被处理了！"李凤艳几乎要哭了，看看李老汉仍在犹豫，情况紧急，不容耽搁，好一个李凤艳，不愧是身强体健的民兵连长，只见她伸手拽住老汉的胳膊，一个麻利地扭身，便把李老汉稳稳背到背上，走出大门外，然后让别人挽着他老人家往山上走。李老汉那次被背出来以后，发生了一次较大地震，他家的房子震塌了，事后他对李凤艳说："我得感谢你啊，要不就砸在里头了……"

李凤艳在地震中表现广受称赞，被评为公社抗震救灾先进个人。

四、离家求学

由于在村里工作表现突出，1976年初，李凤艳被推荐上大中专学校的名单，当时实行的是"群众推荐，社来社去"的方法，因为发生了唐山大地震，以及后来1976年10月份的粉碎"四人帮"，选拔、入学的时间就推迟到1977年3月份，恰在此时，全国大中专招生恢复考试制度，李凤艳这些推荐生，也跟随当年的高考大军，参加了1977年的全国大中专考试招生，考试结束后，迁西县文教局通知李凤艳，她被河北昌黎农校果树系209班录取。

入学后，因为她是党员，被选为副班长兼团支部书记，班长则由另一名党员、从卢龙县考入的李海担任。当时，李凤艳一个当村姑姑李翠文正在唐山卫校（校址也在昌黎县）读书，使第一次离开家门的她，还能有个伴儿。

改革开放，开阔了人们的视野，打开了闭锁的心灵，广大

学生普遍认识到，知识就是财富，时间就是生命，决心把"文革"中荒废的时间找回来，因此拼命读书，吸取知识的琼浆，成为全国最突出、最时尚的景观。在昌黎农校读书的李凤艳，来到这个崭新的天地，充满了激动和欣喜，本来就喜欢读书学习的她，更是浑身充满了力量，抓紧一切时间学习。她的家乡是著名的果树之乡，虽说农家孩子知道一些果树知识，毕竟肤浅，如今系统攻读果树专业知识，将来回乡用于实践，正可大显身手。

李凤艳读中专时

除了认真学习专业课，她所喜欢的语文课，也没有放松，作文越来越好，老师经常在班上念她的范文。她还留心班里发生的好人好事，随时记在本子上，抽空写成表扬稿，送到学校广播站播出。学校的文艺演出活动，她带领同学积极参加，认真履行了作为副班长和团支部书记的职责，受到老师的表扬、同学们的称赞，至今还有同学记得黄梅戏《天仙配》选段中，那个爽朗大方叫李凤艳的高挑女主角呢！

在不到两年的在外学习时间里，李凤艳深深感受到家人的关心和温暖，尤其忘不了哥哥李忠的帮助。1977年上学时，李凤艳21岁，他的哥哥李忠26岁，在迁西县建筑公司上班，自从父亲去世后，他已经成为家里名副其实的顶梁柱，像一棵大树那样为她为全家遮风挡雨。提起自己的这个哥哥，李凤艳心里是满满的敬佩和感激："我的哥哥，不容易，特懂事，对我真好！"

常说"穷人的孩子早当家"，李凤艳清楚地记得，她哥李忠从 12 岁开始就替父亲挑水，那年数九寒冬，她跟着哥哥去挑水，井沿上结了一层厚厚的大冰瘤子，李忠把两桶水注满，刚挑到肩上，突然脚底一滑，一个趔趄，水桶甩出很远，人往井口倒去，幸亏他手疾眼快，抓住了辘轳的摇把，才没掉到井里，有惊无险，吓得他小脸煞白。

李忠精明能干，算盘打得好，在生产队当了六年多会计，地震后到县里建筑公司上班，一个月挣 30 多块钱，他自己省吃俭用，每个月给家里 10 元，给李凤艳 10 元。1977 年 9 月，李凤艳放在提包里的衣服和钱包被盗了，李忠一听，赶紧给妹妹打了一个小木箱子，带着钱，骑自行车驮着箱子，送到了学校，从迁西至昌黎，106 公里的路程！

"哥哥对我好，嫂子刘翠英也非常疼我，她参加工作时是'工分加补贴'的民办老师，以后转为正式老师，嫂子贤惠，知书达理，我们从来没有拌过嘴，相处得非常好，从母亲去世之后，我进家就找嫂子，心里有话先和嫂子说。如今她退休了，想起过去的岁月，我每年都给嫂子包个红包……"提起哥嫂，李凤艳总有说不完的故事。

由于自身努力和家人的帮助，李凤艳愉快度过了近两年的读书生活。

本来他们这一届学生，应该在 1979 年 3 月毕业，可能是改革开放后人才短缺吧，1978 年 12 月就毕业了，提前了 3 个月。

毕业前夕，迁西县委组织部派人到学校看档案，选人。李凤艳是党员，被选中，随同其他人一起被接到迁西县招待所，进行短暂的学习培训，各部门听到风声，纷纷争抢人才，迁西县商业局知道李凤艳是学果树的，希望她能来局里当果品科长；林业局也打电话，欢迎她去。但最终，李凤艳被组织部分配到夹河公社工作，调令上写着："兹有李凤艳同志，到夹河公社任团委书记。请接洽。"

1978 年 12 月 19 日，学习培训结束，李凤艳顾不上回家，直接拿着调令，带着行李，坐汽车去迁西县夹河公社报到。在公社院里，她打听到公社柴书记的办公室，便敲敲门，"请进"，李凤艳推门进屋，大概十几平方米的普通屋子，只是简单干净些，其实准确地说，应该叫宿舍兼办公室，这是当时公社书记的标准配置：一张四屉办公桌靠墙摆放，桌子左边紧挨一条三尺多宽的土炕，土炕上放着被褥，炕旁地下有个烧煤的火灶，一是为了土炕取暖，一是为了烧水。看到有人来，一个中年男人从办公桌旁站了起来，李凤艳很礼貌地说道："您好，是柴书记吗？我是来报到的。"说着，把调令递了过去，柴书记点点头，热情地把李凤艳让到屋里，倒上一杯热水。简单交谈一阵后，李凤艳请示道："书记，我半年没有回家了，想回家换一套行李，可以吗？"柴书记道："那就回家三天，12 月 22 号来上班吧。"

其实，李凤艳此时要回家，还有一个内心的小秘密，"男大当婚，女大当嫁"，已经 22 岁的她，如今学业有成，事业也有了良好的开端，考虑一下自己的婚姻，也是很自然的事了，不久前，中学的老师给她介绍了一个对象，是她从小学到高中的同学，叫王必顺，这个同学，她当然不陌生，但在那个观念不开放、避讳男女交往的年代，虽在一个班里学习，也几乎没有说过几句话，如今突然与"对象"拉上关系，她还真有点心慌意乱哩，她要回家和母亲说说心里话，还要从前辈那里侧面了解一下这个同村同学的情况。

第三章　　凤之栖：她的另一半

凤兮凤兮归故乡，遨游四海求其凰。

时未遇兮无所将，何悟今兮升斯堂！

有艳淑女在闺房，室迩人遐毒我肠。

何缘交颈为鸳鸯，胡颉颃兮共翱翔！

　　　　——（西汉）司马相如《凤求凰》

凤凰于飞，和鸣锵锵。

　　　　　　——《左传·庄公二十二年》

一、忍字口村王必顺家

在李凤艳诞生的前一年，即 1955 年
农历 10 月 26 日，忍字口村西头王宝瑞
家，也添了一个娃，叫王必顺。他的前
边有两个哥哥，大哥王必生（1945 年生），

王必顺摄于 1982 年

二哥王必玉（1952 年生）。此后，又先后增添了弟弟王必友（1958年生）、妹妹王桂芹（1960 年生）、王桂芝（1966 年生），是村里人丁兴旺的家庭。

王必顺的降生，还伴随着一段插曲，他这样回忆道——

"听母亲说，怀我不到 7 个月就生产了，体重不到 3 斤，当时母亲体弱多病，缺少奶水，我一天比一天瘦弱，全家都很发愁，维持到过了满月，父亲觉得我活不了几天了，夜里趁着母亲熟睡的时候，将我用小棉被一包，丢到忍字口村西的河沟里，母亲醒后发现我不见了，急着问孩子哪里去了？父亲见实在藏不住了，只好告诉母亲实情，母亲大哭起来，奶奶见状，赶忙跑到村西，把奄奄一息的我抱了回来，捡回了我的一条命啊！

"说起这位奶奶，还不是我们 6 个兄弟姐妹的亲奶奶，她老人家是我爷爷续娶的太太，没有生育，可我们 6 个都是在奶奶的照看下长大的，我永远忘不了奶奶！1976 年，奶奶因病去世，我因在本溪工作，加上唐山大地震发生，家里没有告诉我消息，春节探亲回家，得知奶奶没有了，我的眼泪一下子就下来了，跑到奶奶的坟前，哭得死去活来……

"说起小时候的事，我还忘不了同族大哥王必贵和大嫂李翠英，我被奶奶捡回来后，母亲没有奶水的事也都知道了，当时大嫂刚生下我的侄子王志国，每当我因缺奶饿得哇哇大哭时，住在西院的大嫂就赶过来，二话不说，给我喂奶，人说'长嫂如母'，我忘不了嫂子对我的恩德。好人得福报，2018 年元月，88 岁高寿的嫂子去世，我立即租车赶到忍字口，放下 1000 元

礼金，含泪为大嫂守灵……"

王必顺所在的王家，在忍字口村也算大姓。

忍字口村的王姓和李姓，世代比邻而居，老辈子传下来一句很有名的话，叫"王家占山（山地），李家占滩（河滩）"，可能当初的确是这样的，后来，以山为生和以滩为生逐渐模糊，再后来，滦河的滩逐渐萎缩，家家变成农耕为主、果木为辅的生活模式了。

王必顺的太爷，具体情况不可考，只知育有两子，长门王和顺，下有两子，王宝仲、王宝环；二门王和勇，育有一子王宝瑞和两女。王宝瑞，即王必顺的父亲，到了王必顺"必"字辈这一代，当族兄弟姐妹众多，王必田、王桂兰、王必贵、王必春、王桂英、王桂珍，再加上王必顺兄弟姐妹，已经成为忍字口村的一个大家族了。

王必顺的爷爷王和勇，生于1894年6月6日，身高1.68米，温和敦厚，平时喜穿长袍。家有耕地十几亩，山地、林场几十亩，三间草房，两间土坯厢房，农忙时节需要雇一两个短工，在村里也算得上生活较为殷实的人家（中农）。

王和勇上过几年私塾，粗通文字，结婚后，太太生下王宝瑞和两个女儿后去世，又娶第二任太太王周氏，王周氏无出，抚育王宝瑞等长大成人，卒于1976年，享年86岁。

王宝瑞，生于1927年6月26日，8岁起在本村私塾启蒙，因聪明好学，成绩优异，10岁便考入杨店子高级小学堂，当时正值抗日战争时期，他在进步老师和同学的影响下，积极参加爱国学生活动。

　　1939 年，13 岁的王宝瑞回到忍字口村，他机智灵活，经常手持红缨枪，站岗放哨，成为忍字口村的儿童团长。这一年，他与本村大户之女李梦英结婚。李梦英的爷爷李老印，是忍字口村有名的大地主，家有几百亩土地，长年有雇工，对待下人，口碑还不错，以致后来打工的人忆起，常说："该咋说咋说，老印家给的饭食不错！"

　　李老印育有一子二女，儿子李振东仰仗家境富裕，又是独子，自是一副公子哥儿的做派，讲究吃喝享受，倒是他的两个

　　王必顺一家。前排左起：王桂芹、母亲李梦英、王桂芝。后排左起：王必有、王必顺、大妹夫王忠义、王必玉、王必生。（1993 年摄）

儿子和五个女儿，很有出息，大儿子李梦庚，1907 年生，中共党员，冀东军区第七区区长，参加了 1938 年李运昌领导的

抗日大暴动，1941 年 3 月在忍字口、思儿峪战斗中光荣牺牲。
二儿子李梦久，1909 年出生，中共党员，1937 年参加革命，
冀东军区党委、行署秘书，1943 年参军，后在北京密云县大
枣树村战役中牺牲。李梦英在五姐妹中排行第四，她与王宝瑞

忍字口村王必顺家的老宅院，王必顺就出生于此。（孙秀华摄）

结婚时，她的大哥李梦庚正在抗日区政府工作，看到妹夫王宝
瑞 1.75 米的个头，很精神，便做通王宝瑞父母的工作，让他
到区里的抗日武装区小队，当了一名交通员，跟着冀东军区司
令员詹才芳，后随部队开赴东北，参加了辽沈战役，在战役中
王宝瑞因腰部负伤转业到辽宁省本溪钢铁公司动力厂，参加战
后恢复生产工作，1952 年以工伤回乡疗养，每月工资 40.5 元，
因为走路不便，他平时出门办事，常常骑驴或推着自行车代步。

　　王宝瑞性情刚烈，脾气暴，在"文化大革命"的年月里，
有人无端说他"带枪"回家，遭受"批斗"，他一气之下自缢
身亡。1974 年，本溪钢铁公司出面证实了王宝瑞的清白，为
他落实了政策，补发了工资，各项权益得以恢复，并给了一个
招工指标，允许王宝瑞的孩子中出一人到本溪钢厂"顶工"。

全家经过商量，王必顺高中毕业，年龄最合适，就同意由他去本溪接替父亲的工作。1974年12月21日，王必顺背着行李，从唐山坐火车到了本溪钢铁公司动力厂，见到了他父亲的老战友、厂长王德生，被分配到供水车间，当了一名给水调度员，一级工，每月工资33元。

1976年7月21日，动力厂根据当时形势，成立了"七·二一工人大学"，已有两年工龄的王必顺，被批

王必顺和他的本钢动力厂工友

准入"工业企业自动化"专业班学习，在总工程师俞家声教授、班主任张士友老师以及同学们的帮助下，经过3年专业学习，

王必顺（后排左三）与"七·二一工人大学"的同学

王必顺于 1979 年顺利毕业，被分配到供水车间电工班，当了一名技术员。

二、喜结良缘

1979 年，王必顺在本溪钢铁公司当技术员的时候，与李凤艳的恋爱也开始了。

他们生长在同一个村，王必顺住村西，李凤艳住村东，同一方水土、同一方文化养育了他们，他们同在 1963 年进入小学，当时王必顺 9 岁，分在甲班；李凤艳 8 岁，分在乙班，到 1966 年三年级时，两班合成一班，李凤艳是班长，一直到高中毕业。当时实行的学制是小学 5 年，初中 2 年，高中 2 年，"小升初"、"初生高"都不考试，关于这段时间，王必顺有过真切的回忆：

"刚入学的时候，刚经过三年困难时期，我们家里孩子多，一天两顿饭还吃不饱，但在学校里还是很快乐的，说说笑笑，蹦蹦跳跳。'文化大革命'开始后，批判师道尊严，老师管不了学生，文化课基本停了。当时强调勤工俭学，我们这些小学生经常参加劳动，为生产队锄草，或是背着柴火篓子去为学校拾柴。记得那年冬天，特别冷，我们去北河滩拾柴，北风呼啸，卷着沙子，吹得大家站不稳，睁不开眼，冻得瑟瑟发抖，半天捡了半小篓柴火，放到了学校。类似的拾柴活动，我们是经常参加。

"到了初中，上课之余，我参加了学校文艺宣传队，经常排练一些小节目，比如舞蹈、大小合唱、快板、对口词、三句半什么的，然后到各村去演出，尽管水平不高，但社员们很欢迎。

"进了高中，赶上一段时间批判'读书无用论'，一批老教师和文化底子比较厚实的知青走上讲坛，大家学习文化的积极性提高了，学到了一些知识，我也在这时入了团。"

当然，回忆起小学到高中9年的学习生活，王必顺感到最温馨的还是李凤艳："凤艳从小学三年级就当我们的班长，一直到高中毕业，她这个班长当得可称职了！她学习好，好说好动，敢说话，不论是学校还是在村、公社开会，她作为学生代表在会上发言，总是得到一片掌声！各级领导都夸她，说她有出息。"字里行间充满对李凤艳的喜欢、崇拜之情，不过也就仅此而已，而且还得隐藏在心底，因为在当时的政治气氛下，少男少女们的私人感情是难有交流空间的，那会被视为违反纪律，受到处罚。

作为班长和团支部书记的李凤艳，自然更懂得这一点，因此，她多年后回忆说："男女同学之间，都是自觉保持距离，谁也不搭理谁，我和王必顺也是如此，甚至还出现过一次误解，他好长时间怀疑我们班干部整了他。"

"王必顺在高中阶段，学习努力，物理、数学成绩好，语文也好，当过语文课代表，作文被当范文朗读。一次，有同学反映他课上偷着看小说《红楼梦》，这是违反纪律的，大家都说，这不中，学习社会主义文化，怎么能看课外书呢！因为团支部是管宣传的，就在黑板报上，写了一篇评论，题目是《认真学习社会文化课》，把上课的时候看《红楼梦》小说的现象进行了批评，虽然没提名，同学们也都知道是批评王必顺。我那时知道，他姥姥家是地主，家里'老箱底'（指古董、古书等——笔者注）多，他爸就喜欢看《红楼梦》等书籍。他认为黑板报上的小评论，是我主张写的，实际不是，那是班委会的意见，给他批了，对我不满意。但从那以后，他再也不敢看了。细想起来还挺有意思，出了点误会，倒添了缘分，后来走到一起了。"

1980年12月31日，本溪钢铁公司动力厂为王必顺和李凤艳举办了隆重的婚礼。动力厂党委书记、厂长卞盛国带领200多名职工参加了典礼，卞盛国在讲话中，热情洋溢地祝贺这一对新人喜结连理，并祝福他们婚后在各自工作岗位上努力工作。

结婚后，他们开始了长达六年的两地分居生活，虽然分居两地，生活有诸多不便，但鸿雁传书，两人的心是在一起，生活幸福甜蜜。

王必顺、李凤艳结婚照

第四章　　凤之鸣：亮相不凡

虽无飞，飞必冲天；虽无鸣，鸣必惊人。

——《韩非子·喻老》

和鸣千古咏西周，唤起春风遍九州。

——（元）仇圣藕《凤鸣朝阳》

一、"第一把火"

新官上任先得见面，李凤艳作为迁西县夹河公社的团委书记，当初和全公社的共青团员见面时候的情景，至今不少人还记得。

在公社召开的有四五百人参加的团员青年大会上，当公社党委柴书记把李凤艳介绍给大家后，随着热烈掌声，李凤艳大

任公社团委
书记时的李凤艳

大方方地站了起来，话音朗朗、干脆利落地说道：

"组织把我派来了，说明咱们是有缘分的，咱们在一起干，都得往好了干，让公社的共青团工作更上一层楼；还有，我跟大家在一起，工作上各有分工，底下就是弟兄姐妹，大家心里有什么话，家里有什么事，都可以敞开交流，30年以后，我不是团委书记了，只有处好的兄弟姐妹才是永远的！"

话音刚落，立刻响起了热烈掌声。事后人们议论说，没想到刚从校门出来的学生，讲话这么干脆利索，实心实意，没有一点学生腔，这个团书记不简单呀！他们当时还不知道，这个年轻的团书记，已经有多年拼搏的实际经验了，何况，无论是写发言稿，还是在场面上即席讲话，都是她的强项呢。此后在夹河公社工作的日子里，在写材料总结工作方面，她虚心向公社党委书记柴书记，以及主管团委工作的刘副书记请教，更是有了很大提高，受到各级领导的好评。

对于李凤艳在上任时的讲话，时隔三十年之后，已是任子峪大队党支部书记的张玉瑞，依然清晰。有一次，他向已是唐山市路南区法院院长的李凤艳汇报本村基本建设情况时，见面第一句话就说："李凤艳大姐，你当时说的好啊，三十年后你还是我大姐，我又找你来了。"说罢，两人都笑了起来。这是后话。

当然，干部，最重要的还是要干得好。李凤艳上任后烧的第一把火是栽树。

驻村指导工作，是公社干部重要的工作方法之一，李凤艳驻在夹河公社夹河大队，当时植树造林抓得很紧，迁西县城到夹河村的公路两旁按规划要栽树，在村党支部开会的时候，李凤艳就提议把栽树的任务交给共青团，村两委班子当时同意了，可第二天就变了，李凤艳不知道啥原因。后来，她问夹河村大队书记田瑞忠，为什么不让团员们干了？原来是林业队长认为小青年不会干活，树栽不活，劳民伤财，会影响不好。李凤艳觉得，树栽的好不好，涉及对青年的认识，共青团的声誉，团员青年必须把这个活计认领下来，而且必须干好。她先是耐心做通了林业队长的工作，又对当时的大队团支部书记侯福文说，人家林业队长对小青年不信任，想必是以前栽树出现过差错，所以这次你得跟党支部立下军令状，这条路叫作"青年路"，两边的树叫"青年林"，要插牌子，挂牌子，所以，这树必须栽好！还要邀请大队派员监督。夹河村团支部的全体团员，在得到村两委班子同意后，认真按照村里植树的计划及要求栽树，在后续管理中，缺苗就及时补苗，缺水就及时浇灌，建立巡逻管护队。最后结果是："青年林"所栽种树苗全部成活了，杨树长的特别好。人们都称赞说，新来的团委书记说话算数，有魄力！

二、夹河公社的"假小子"

1978 年党的十一届三中全会刚开过，党的中心工作就是发展经济，自然也是团的中心工作，作为新上任公社团委书记，李凤艳经常和大家一起，跟着公社领导到各村搞生产联查，天天翻山越岭。开始，她没有自行车，就靠两条腿走路，人家骑自行车的晚走，她就早走，好在李凤艳从小吃苦耐劳，爬山越岭不是难事。

但下乡只靠两条腿走路，毕竟效率低，看到自行车给工作带来的方便，要强的李凤艳决心攒钱买辆自行车。参加工作后，第一年每月工资29.5元，第二年是36元，一个月给家里10块钱，公社吃饭交10块钱，自己留10块钱，去了日常开销，剩下的就攒着，到1980年，又找同事借点儿，凑了一百多元，买了一辆"飞鸽"牌自行车，可以开始骑车子下村了。有了自行车，李凤艳的干劲更足了，当时最常做的工作就是了解各村情况，那时的乡村，电话还不普及，需要人下去，面对面听汇报；即使有电话，也提倡深入现场，反对怕苦怕累，坐办公室，所以曾经有多少次，她骑着自行车飞驰，只用一个上午，就能跑遍公社的11个村，把需要的各种情况摸得清清楚楚。

改革开放的东风劲吹，鼓舞了人们的精神，担负责任的李凤艳，年轻，身体好，加上要强的性格，事事争先进，更是拼劲十足，在各项工作中，都是"巾帼不让须眉"，被称为"假小子"。当时，夹河水库一带是水稻种植区，每年春寒尚未褪尽，插秧便开始了，青年团员们自然是主力军，李凤艳作为团委书记，更是身先士卒，只见她鞋袜一脱，裤腿一卷，跳到水里就干起来。农村的集体劳动，往往能成为特殊的比赛项目，插秧也是如此，人们一拉溜儿站成一排，谁快谁慢，一目了然，当时的男劳力快手，一天能插一亩地，李凤艳竟然也能达到这个指标！引起人们的喝彩。

但从科学的角度看，插秧这种活计，不宜于妇女，尤其是怀孕的妇女，因为水凉，李凤艳曾经两次"小产"，丈夫王必顺得知后，既深深埋怨，又十分心疼，劝她以后千万不能再这样伤害身体。

关于李凤艳能干的故事流传很多，让人们广为赞叹的是，她与乡党委柴书记不经意间的一场"比武"，当时强调干部参加生产劳动，一天清晨，在夹河村，她和柴书记往麦子地里挑粪，柴书记挑 30 挑子，她也挑 30 挑子，两人行走如风，各不相让，引来现场群众的喝彩："厉害！这个'假小子'，又过来了！"

另一次，是两人给社员家的猪圈挑"垫脚"，所谓"垫脚"，是把山上的青草连同下面的一些泥土铲下来，挑下山放到猪圈旁，留着随时垫猪圈用，柴书记挑 180 斤，李凤艳挑 150 斤，那分量可不是假的，都是上秤秤的，而且是从很远的山上挑下来的。

李凤艳不畏困难、事事争先的精神，成为她工作中最强烈耀眼的色彩。发展经济，带领群众致富，是当时各级各部门的中心工作，夹河公社果树挺多，团员青年是千家万户致富的主力军，李凤艳既是团委书记，又是果树专业毕业的，正好从工作上、技术上发挥作用，她根据各生产队在果树管理上存在的问题，有针对性地组织培训，为了不耽误群众白天的生产，她利用晚上把团员青年组织起来讲课，一周讲两次、三次，讲完后，到夹河、田庄、褚庄等村的果园，实地演示果树怎么剪枝，深受群众欢迎。乡亲们的树结苹果以后，纷纷用筐子装点儿，

翻山越岭到夹河李凤艳的家，让她品尝，她推脱不掉，只好留下苹果，有时一篓苹果，她就掏出100元，把钱硬塞给来人。苹果搭金桥，加深了她与群众的感情，在她生孩子的时候，很多夹河公社的老百姓，翻山越岭去看她。

在群众利益面前，李凤艳严于律己，决不占群众一丝便宜，她经常深入基层，在公社住的时候很少，大都是吃住在村里，一天三顿是吃"派饭"，"派饭"就是村里指派各户为下乡人员准备饭菜。当时在老百姓家吃一天三顿饭，每人得给人家1.2斤粮票、三元钱，不给、少给是决不允许的，即使出现一些特殊情况，也要做到不让群众受损失。

有一次，她和公社管委会赵主任在夹河大队调查生产情况，在一户社员家吃"派饭"，这家女主人给做的是玉米渣子干饭、小葱拌豆腐，当时人们生活还不富裕，这种饭食已经不错了。中午时分，李凤艳和赵主任走进此户院子，女主人正在猪圈旁边喂猪边打着招呼，"饭菜做好啦，放在里屋的炕桌上，你们进屋吃吧，我先喂猪。"李凤艳答应着，走在前面先进屋，一看：一只老母鸡蹬炕上了桌子，鸡爪子踩在盘子边上，脖子一伸一抖的，正在啄食豆腐呢，尽管李凤艳不是很娇气，但这饭也实在让人难以下咽，便回头迎着赵主任说："咱们回公社吃去吧"。赵主任问："咋啦？"李凤艳道："回去再给你汇报吧"，接着就把俩人应该付的粮票、钱，放到女主人家的柜上，用烟盒压上，然后回到院子里，和正在喂猪的妇女说："嫂子，我们有急事，必须马上走，来不及吃饭了，粮票和钱放在屋里柜上了。"

　　回去的路上，李凤艳向赵主任说明事情原委，赵主任非常赞同李凤艳的做法，到公社后，两人从小卖铺买了些点心，就着开水，对付了一顿。

　　李凤艳有一副乐于助人的热心肠。公社里的干部，家在农村的多，平时很少有节假日，但每逢夏收、秋收大忙季节，公社都要放几天假，便于干部们回家帮忙，李凤艳当时刚安家，还没有孩子，她就抢着值班，还经常帮助别人，不管是领导还是同事，家里有事或是遇到困难，她都会帮忙。由于工作积极，群众关系好，1980 年全国第一次凭贡献涨工资，夹河公社凭投票决定谁涨，结果，李凤艳得了全票，但最后，她把这次涨工资的机会让给了老同志，李凤艳利益面前先人后己的风格，受到领导和同事的赞扬。因此，每年的先进工作者、劳模、嘉奖、记功，几乎都有李凤艳。

　　1981 年她被评为出席省的优秀团干部，还被评为全国新长征突击手。1982 年 12 月 20 日，中国共产主义青年团全国第十一次代表大会在北京召开，会期 15 天，河北省唐山市共计 5 个代表，李凤艳是其中之一。有关参加此次会议的感想，李凤艳是这样表述的："平生第一次参加如此规模的大会，激动之情难以形容！会上能亲自看到我们党的总书记、团中央书记与代表们握手，与全体代表合影，觉得非常激动！对于我这个农村生、农村长的女孩子来说，是莫大的荣幸。这个荣誉来之不易，是党和人民的信任，对自己是极大的鼓励！"

　　在这次会上，李凤艳还遇到了自己崇拜的偶像、中国女排最著名的扣球手郎平，并请她题字留念。郎平凭借强劲而精确

的扣杀而赢得了"铁榔头"绰号，获得国人的广泛赞誉，成为改革开放后不畏困难、奋力拼搏的代表人物，从中可见李凤艳意气风发的豪情。

李凤艳珍藏的共青团第十一次全国代表大会的代表证和郎平的签名。

当年，迁西县委下文件：向李凤艳同志学习。在后来编纂的《迁西县志》中，她被载入"人物"篇。

李凤艳这样总结自己："我在夹河公社工作了5年46天，几乎所有的活儿都干过，11个自然村里的老百姓都接触过，觉得过得很充实，很不愿意离开夹河。"

她始终怀念关心帮助自己的老领导，2018年秋天，已经退休的李凤艳，把夹河公社当年的12名领导干部请到一起，又把原夹河公社所辖的11个村子都走了一遍，老领导们看到农村的飞速发展，回忆过去的奋斗岁月，都非常高兴。这是后话。

三、县妇联副主席

1984年2月，李凤艳由夹河公社团委书记，调任迁西县妇联副主任，分管妇女儿童维权工作。这是由正股级升为副科级，也就是说，毕业参加工作后，经过五年多的历练，李凤艳开始步入领导干部的行列。

妇联和共青团分工有别，但有相似之处，都是配合党的中心工作，这几年，李凤艳协助主任搞好各项妇女工作，发挥妇女在勤劳致富、计划生育、创建五好家庭中的重要作用，她尽责尽力，多次受到表彰。

1988 年冬，李凤艳（前排左二）与迁西县妇联同事合影

当时的妇联，和其他部门、单位一样，都有包村扶贫的村子，妇联的包村是喜峰口宋庄子村，这个村离县城很远，李凤艳带领妇联工作人员天天坐班车过去，她每天都是提早赶到汽车站，给大家买了票，一块儿上班车，到村里去调查研究生产中出现的问题。虽然妇联本身不管钱物，但是可以通过"牵线搭桥"，向有关部门反映情况，提出建议，帮助村里解决问题，需要修水利，找水利局，需要种子，找种子站，

给村里办了不少的事情。妇联这个点儿，迁西县委认为抓得实，成效显著，受主任的委托，李凤艳整理成材料，在唐山市扶贫大会上做了典型发言。

在县妇联的任上，李凤艳除了协助主任之外，她都尽职尽责地做好分管的工作，即维护妇女和儿童的合法权益，最常见的是调解夫妻矛盾。

迁西县洒河乡有个姓王的妇女，与丈夫张某育有两个孩子，张某一直在外工作，闹着要离婚，王大姐认为他"外边有人"了，不想要她了，想在外头找有工作的媳妇，跟陈世美一样，便坚决不同意离婚。王大姐听人说，县妇联可以帮助解决，就找到妇联，李凤艳接待了她，对这件事，她印象很深，回忆道：

"我问王大姐，你们夫妻到底有没有感情？她说有感情。那个时候判定离婚的标准，就是看夫妻感情是否破裂，拿这个标准衡量，他们这对夫妻，还真有和缓的余地，再加上他们已经有两个孩子了，考虑到离婚对孩子的消极影响，我就找她丈夫劝和。结果，她丈夫一听说是县妇联干部找他，总是推脱不见，让王大姐给他打电话，他不接，让他的孩子给他打电话，他也不来，双方总也见不了面，最后她丈夫向法院起诉离婚，为此，我也曾找到法院，向法官介绍了他们的情况，法官根据他们双方的婚姻状况，进行和好调解，最后她丈夫同意不离了。但好了几个月，又不中了，她丈夫又起诉离婚。后来，打听着她丈夫确实有第三者了。

"王大姐走投无路，又来找我。我全面分析了王大姐夫妇的情况，认为王大姐一味坚持不离，对其自身，对孩子并没有益处。就劝说王大姐，变个思路吧，人家不诚心跟你过，你说感情没破裂，人家说感情已经破裂，人家心不在你这儿了，'强扭的瓜不甜'。女同志，要自重、自爱、自强，靠自己，照样可以生活，又说了几个身边的例子，说明离了婚也过得很好，劝她接受现实，同意离婚，同时给她出主意，维护好两个孩子的合法利益。

"过了一段时间，妇联出于关心保护妇女儿童的角度，对王大姐进行了回访，王大姐对李凤艳说：'李主任当时的分析很在理，我们娘仨现在的日子过的挺好。'我说，你有合适的可以再找，但要有利于两个孩子成长。这是在妇联工作时遇到的一个真实的故事。"

也是从许多类似的事儿上，让李凤艳认识到，要真正维护好妇女儿童的权益，就得学法律，正好自己的中专学历感觉不够用，从那时起，李凤艳就自学法律书籍，参加了法律大专班的自学考试课程，在妇联五年多，参加了六科自学考试，第一科就是《婚姻法》，第一次就考合格了。

正因为对法律的挚爱，李凤艳向领导提出，希望能去迁西县司法局工作，司法局不管钱物，不是人们争去的热门单位，很多人对李凤艳不理解，甚至认为她在妇联不被重视，受了委屈，对此，李凤艳的回答很干脆："统统不是！"她说自己就是喜欢法律，决心学法律，她认为在司法局可能更具备学习的环境，当时正值妇联换届，李凤艳是妇女代表大会换届的秘书长，县主管领导说，去司法局可以，你必须先把妇联这个换届

会开完，再去司法局报到，李凤艳愉快地答应了。

此次妇联换届，全县共计 182 名妇女代表，按照程序，大会先选举妇女联合会的执行委员，再由执行委员主持，选举妇联会班子成员，主任、副主任，结果一选举，182 个代表，李凤艳得了 181 票，剩下那一票是她自己的，她没有选自己。代表们把票投给她，是因为她下基层多，基层代表多，熟悉她，第二是她真干，热心为大家办事，妇联下乡的事她都是抢着去，真正做到了与群众打成一片。领导在此时宣布：李凤艳同志，因工作需要调入县司法局工作，任司法局副局长，但宣布后，一些基层妇联主任，表示不理解，不同意她离开妇联，李凤艳见状，站起来说："各位姐妹们我说句话，第一句话是，这是组织需要，组织需要我必须服从；第二是我本人要求走的，是我的志愿；第三，我去了司法局，也是你们的姐妹，有事你们仍然可以去找我，请大家相信我。"说完这三句话，下边安静了，继而响起一片热烈的掌声。

四、在司法局干得风生水起

1989 年 3 月，妇联会议闭幕以后，李凤艳去司法局报到，从此时到 1993 年 3 月，她在司法局干了 4 年。在司法局，她先后主管律师、公证、普法等项工作，后被任命为常务副局长。作为"二把手"，管的面就更宽了，司法局的工作，那么多种，她几乎都干过，她主抓的律师事务所，成为全省先进，律师事务所主任，被评为全省特殊人才，享受国家津贴；公证处也成为唐山市的先进单位；她管普法，全县进行普法宣传教育，下至百姓，上至县里五套班子的普法教育，她都认真去讲课，走遍全县414个村，她不辞辛苦，坚持天天下乡，发放书籍和宣传资料。把村里一些老百姓发生的矛盾，争取在基层调解，少上法院起诉。在司法局4年多，司法局成为全国的先进单位，这里有她的出色贡献。

李凤艳（左一）任县司法局副局长时，在妇联会议上发言

司法局的房子破旧不堪，修葺房屋没有钱，她跟随迁西县分管司法工作的副县长郭志霞，去司法部给司法局争取资金，谁也不认识，争取了5万元，修葺了司法局。

在司法局的几年，是她攻读法律的几年，她在妇联工作时已经考了六门课，到司法局，又参加了自学考试，14门功课，按期考试毕业，她拿到了高等教育自学考试法律专科证书。

五、婆婆眼里的好媳妇

李凤艳和王必顺在1980年结婚之后，一个在河北省迁西县夹河公社工作，一个在辽宁省本溪钢铁公司工作，开始了长达六年的两地分居生活。

20世纪80年代的中国，通讯事业还很落后，连古老的手摇电话还没有普及，两人主要靠书信联系，大约每个月通一封信，他们在信中谈工作、谈生活、谈理想、谈思念，互相鼓励，总有说不完的话语。王必顺清楚地记得，当李凤艳把自己涨工资的消息告诉自己时，心里是何等激动与高兴，但不久，李凤艳又来信说，她把涨工资的指标让给了同事，王必顺虽觉有遗憾，但还是支持妻子的做法。

王必顺回忆婚后生活

由于夫妻二人分居两地，双方的家庭也难以得到照顾，王必顺到本溪工作后，兄弟几个相继成家另过，家里只剩下母亲和妹妹王桂芹、王桂芝，由于劳力不足，生产队工值低，几年下来竟累计欠下生产队口粮款1200余元。李凤艳当时每月工资只有36元，积蓄不多，便把买了不久的自行车卖了，又借了一些钱，还清了欠款。后来，实行联产承包责任制，家里有了责任田，李凤艳便挤时间回家，帮家里种地，播种、耧地、挑水栽白薯，起猪圈，样样能干，成了家里名副其实的顶梁柱。

1984年2月，李凤艳调任迁西县妇联副主席之后，为了照顾孩子和老人，把 60 多岁的婆婆和母亲，以及小姑子接到县城居住。

此时，王必顺尚在本溪工作，李凤艳的担子，自然不轻，她上班是工作，下班就是这一大家子的生活，柴米油盐都得操心。对于这一时期的家事，丈夫王必顺是这样描述的："凤艳时时刻刻照顾两位老人，老人想吃什么，她给买什么；喜欢穿什么，她给买什么，千方百计让老人高兴，老人年岁大了，有时像'老小孩'，使性子，发脾气，凤艳从不计较，而是和颜悦色地向老人解释，直到老人理解、高兴为止。我的小妹一直跟我们在一起，凤艳帮助她找到了工作，开始还每天接送她上下班，小妹加班，为了让她吃上热乎的饭菜，凤艳总是把饭热了又热，姑嫂相处，从未生气拌过嘴，好得像一个人。我们家哥几个结婚、盖房，凤艳想得特别周到，钱是钱，东西是东西，尽力帮助，一样也不少；哥几个分家时，凤艳对我说，先可着兄弟们，剩下的是咱们的，我们家分到的两间房，最后也无偿给了四弟王必友。凤艳先人后己，吃苦耐劳，尊老爱幼，处处维护着大家庭的团结，是个贤惠能干的好媳妇！"

1986 年 4 月，为解决夫妻两地分居生活，王必顺从本溪钢铁公司调回迁西县，根据本人意愿，先是被安排到迁西县电力局生产技术

股工作，几个月后，他参与筹办全县电力系统先进乡镇电管站表彰大会，在撰写材料、组织协调能力上表现出色，被调入局长办公室任秘书，四年后的1991年，王必顺任局党办副主任，主抓全局的宣传工作，所写稿件经常在各级报刊发表；1993年调回生产技术科任副科长。

王必顺、李凤艳夫妇与长女

在此期间，王必顺已事业有成，但随着李凤艳工作上的强力拼搏，家庭中的主要负担，自然而然地转移到了王必顺的身上。对此，王必顺的回答是："我平时干好工作之余，还要为凤艳分忧，照顾好双方的母亲以及两个女儿，负责接送两个孩子上下学，辛苦是自然的，但为了家庭，为了凤艳，我无怨无悔。"

"无怨无悔"四个字，其实道出了夫妻间和谐的真谛，这是既平常又不凡的境界，想当初，王必顺在本溪、李凤艳在家，六年多的日子，李凤艳不是也"无怨无悔"地挑起了家庭的重担吗？

但对丈夫的付出，李凤艳是心知肚明，这要从大女儿王冠博被王必顺"弄丢"一事说起。

1988年夏季的一个星期天，在迁西县司法局任副局长的李凤艳，一早就下乡了，王必顺休礼拜，那时他们住在南山迁西第二家属院，一开门，就是山，山上有柴草，家里做饭取暖烧大灶，需要柴草，他就拿着镰刀，领着 4 岁的冠群（大女儿的乳名）说，走，咱们上山玩去，打算顺便割点柴禾回来。冠群听说到山上去玩，很高兴，王必顺拿着镰刀在前面走，孩子在后边跟着，沿着上山的小道走。开始，父女俩脚前脚后，说话唠嗑，到后来，可能王必顺的心思集中在寻找柴禾，孩子在后边心思在玩上，各顾各的，就断了联系。后来王必顺似乎意识到什么，回头一看，孩子不见了！心里一激灵，赶紧喊，"冠群，冠群！"回应他的是孩子哭喊声："爸爸！爸爸快救救我！"王必顺循声看去，发现冠群掉在小道旁边的沟里了，趴在那里正哭呢，跑过去细瞅，冠群脑门儿上磕了一个口子，流着血，王必顺赶紧一手抱起孩子，一手捂着孩子的脑门，一路奔跑去了县医院，好在离医院很近，到医院后，医生赶紧为孩子包扎伤口，脑门上整整缝了四五针。

那天，李凤艳晚上回来，看到冠群的脑瓜门儿用纱布缠着，就问王必顺是怎么回事，他把情况一说，李凤艳心疼孩子，自然是一番埋怨，同时也为自己一头扎进工作、忽视了家庭而心生内疚，进而体谅到丈夫的不容易。这种设身处地的反思，是对自身家庭责任的记取，也是夫妻间化解矛盾、密切关系的妙药。

作为妻子，搞好婆媳关系，更显智慧，这方面，李凤艳做的尤其让人称道。

1991 年中秋节前后的一天下午，李凤艳和王必顺去南观乡王庄子村看望姨姐，刚到姨姐家还没坐稳，就接到大女儿冠群哭着打到姨姐家的电话，她抽抽嗒嗒地说："妈妈，快回来吧，

我奶奶找不到钱，赖我偷了，打我，说我偷她的钱……"李凤艳一听，赶紧安慰孩子说，别着急，妈妈爸爸一会儿就回去。他们把月饼给姨姐放下，顾不上吃饭就回家了，孩子见着大人，就哇哇大哭起来，连说，妈妈，我没偷奶奶的钱，我没偷。李凤艳见状，严肃地问冠群："小孩子家，一定要说实话，如果你缺钱，妈妈会给你的，但不能说一句假话。"冠群再次保证

两个女儿的儿时

说她没拿。李凤艳便对婆婆说："妈，您的钱放哪里了？"婆婆说："我就放在炕头的枕头底下了，肯定是冠群拿了，别人没人进来，就她在家。"李凤艳说："我刚才问了她，她说没拿这100块钱，您老细致想一想，是不是搁错地方了？"婆婆说，

没有记错，就放在那儿了。李凤艳拿开枕头，确实没有，就跟婆婆说："妈，您老别着急，别生气，咱们不缺钱，在炕上细致找找，如果找不着，我给您200元"。然后就把老太太睡的褥子、被子一件一件地抖搂，结果，100元钱在炕脚褥子底下找到了！婆婆高兴地说，哎呀，可找着了，真是冤枉我孙女了！李凤艳说，妈妈您不生气就行了，这回把钱放在兜里，不要放在炕上了。婆婆说，行。婆婆没事了，冠群还在呼哧呼哧地擦泪呢，李凤艳赶紧去哄孩子，没想到上小学一年级的冠群，有点"得理不饶人"，非得让奶奶道歉不可，李凤艳一听笑了，

说钱找着了，你就别哭了，也不要委屈了，奶奶岁数大，爱忘事，不是故意冤枉你；再说你是小辈儿，奶奶是长辈，从小疼你照顾你，给你做饭，你得感谢奶奶多少次呢？所以你要原谅她，不能让奶奶赔礼道歉。冠群点点头答应了。经历了这件事，李凤艳和婆婆的关系更密切了，冠群和奶奶也更融洽了，对奶奶更有礼貌，吃饭时，还常给奶奶夹菜。

第五章　　凤之鸣：女法官（上）

凤凰鸣矣，于彼高岗。梧桐生矣，于彼朝阳。

——《诗经·大雅·卷阿》

1993 年 3 月，李凤艳被调到迁西县法院，任副院长，主抓基本建设，不久提为正科级审判员，分管行政、民事审判；1996 年 6 月任党组副书记，属于"实职正科"，成为法院的"二把手"。

在迁西法院近五年的时间，最让李凤艳怀念的是，领导班子非常团结，院长蔡春和，常务副院长陈永礼，加上她和刘学奇两位副院长。她感慨道："我们四个人的班子，可以毫不夸张地说，为了工作，都没有私心杂念，心往一处想，劲往一处使，一心想把工作干好，当时，班长蔡春和总是表扬我们几个，经常说：我们的班子如同打牌的'软主硬副'，其实是他班长当的有水平，我们都围着他干，干工作经常是'白加黑'（白天黑夜），'五加二'（周六周日不休）的，曾经给京西铁厂追欠款几百万，为县里的经济建设做出了巨大贡献，我们法院的领导班子当时确实很出名，迁西百姓，对我们评价很高，迁西县委下红字头文件，号召向法院领导班子学习。后来，蔡春和院长升任唐山市中级人民法院副院长，陈永礼副院长去丰润县任法院院长，刘宗英来迁西当院长，我成为'二把手'，负责的事儿就更多了。"

一、"把卷交出来！"

1997 年 7 月的一天中午，李凤艳正在法院食堂吃饭，电话铃声响了："李院长不好了，我们的案卷让人偷走了！"，电话是东荒峪法庭的张审判员打来的，非常焦急。

卷宗是办案子的文字材料，是办案的依据，是机密的文件，出现失窃，可不是小事，李凤艳撂下饭碗，带了两名法警，驱车直奔东荒峪法庭，问清了情况。原来这天上午，张法官找王某谈话，法庭曾因王某不赡养父母，进行过判决，判他每月给父母 50 元，还有一些粮食，但他就是不执行，张法官曾几次找被执行人王某谈话，谈完后他就是不给，

1994 年李凤艳与迁西县法院法警审判员合影

他的父母生活困难，几次到法庭哭去，这次谈完了，他说一定给，正好这时张法官说去厕所，等张法官从厕所回来一看，王某人不在了，桌上放着的案卷也没有了！他知道十有八九是那个被执行人王某拿走的。张法官接着了解到，王某可能给本村一家建房户帮工去了。李凤艳带领众人到那里一看，他真在那家房顶上帮工干活呢，怕惊动他从房子上跳下来逃跑，就请他们村人叫他下来说找他有事，他下来后看法院这个阵势，心里也明白了几分，就按法院的要求，把李凤艳等带到他家。

到他家后，李凤艳开门见山，直接问他："你把案卷拿走，搁哪啦？"开始王某说没有，不承认。李凤艳说，你把法院的卷偷走，这卷可是审判机密，你犯了法呀，明白不？接着，有劝他的，讲道理的，有告诉他犯了刑法哪条的，他确实害怕了。李凤艳见状，严肃地说道："你把案卷藏在哪儿了？咱们直话直说吧，你要想在庄里不造成影响，限你五分钟把卷拿出来！算你自首，算你好样的，如果等我们在你家搜查找到，那就是另外一回事了，那就够上'拒执罪'了，是判刑的，该怎么判就怎么判，你要马上想清楚，不要后悔！"

一席话后，王某清醒了，选择了坦白，他立刻把家里的大板柜打开，把藏在谷堆里的那本案卷拿出来了，又磕头，又作揖，连说自己不对，千万别带他走，说是家里还有年迈的父母亲，原来他以为把判决的案卷偷走藏起来，赡养父母的事就可以作废了。

李凤艳道："你把案卷主动拿出来，这一步走的对，这回你知道你有老母亲老父亲了？法庭判了你50块钱一个月，还不好好给，竟然发展到偷案卷，这可是很严重的事啊！现在你必须立下保证，把判决书上赡养父母的内容，全部兑现；第二，以后不用法院强制执行，主动的给你爹妈粮食和钱；第三，每天去看看你爸你妈，帮老人做点事，解决困难，让老人心情愉快。如果你能做到，就不带你去法院了。"王某认真写了个保证书，首先承认了偷卷错误，向法院执法人员，赔礼道歉；其次保证下午就把钱和粮给老人送到家，以后再也不用法院催促；第三条是保证经常孝顺爹妈，给爹妈做饭。李凤艳看他这次有真心悔过之意，就依法让主办人把他放了。当天下午传来消息，王某兑现了承诺，李凤艳也感到很欣慰。后来，李凤艳指派法庭回访几次，王某对父母挺好，她才放心了。

从小就知道孝顺父母、特别痛恨不孝顺的李凤艳，在成为法官之后，把用法律保护优良传统道德、公序良俗，作为自己的重要职责。

二、斗智斗勇追"老赖"

作为女性副院长，李凤艳分管过刑事、行政、民事审判，而执行这种易有冲突风险的工作，一般多由男性领导担任，但在工作需要的时候，李凤艳也经常带领执行人员外出去执行，有两次执行的惊险经历，展现了她智勇兼备、干练果断的风格。

第一件执行案件：申请人是迁西县三屯镇一家建筑公司，申请标的是120万元。被申请人是内蒙古赤峰的一家个体公司，这家公司买了迁西县三屯镇一家建筑公司120多万元的钢材，却久拖货款，有钱也不给，千方百计赖账，给建筑公司经营造

成困难。李凤艳带领迁西法院执法人员，冒着严寒，开着一辆破旧的"面包"车，先后三次赴被执行人所在地，找被申请人执行货款。

其中最危险的是第一次，李凤艳带领民庭的正副庭长、审判员和两个法警，前往被执行人所在地，在公司见面后，这个老板不仅不还钱，还态度蛮横，他似乎觉得李凤艳是个女院长，玩起痞子伎俩，想吓唬人，只见他做出姿势，从腰里掏什么东西。李凤艳用眼一瞄，心里一惊："那个东西像手枪"！便飞快地把自己配带的七七式手枪掏了出来，对他大声喝道："好，咱们比比谁的枪好！"此人一看李凤艳拿的是真枪，自己拿的是玩具枪，顿时手就吓哆嗦了。那时规定，法院院长这个级别的去外地执行任务，可以带枪。老板吓唬人这一招失败后，就打电话叫人围攻，为了避免可能引发更大冲突，李凤艳等就在他们公司的人没到的时候，暂时先行撤出了。第二次，那老板听到风声，藏起来了，执行人员没有找到。第三次，执行人员终于把那老板"蹲"住了，带回迁西县看守所，这次，他认识到不能再赖了，就给公司打电话，筹集了10万多元现金，然后又给抵了3部车，终于把120万元的欠款都还了。在寒冷的冬季几次奔波，李凤艳一行有时因为找人，需要长时间蹲守，一刻也不敢离开，零下十几度的天气，把双脚都冻肿了，以致回来后，脚竟穿不进鞋去，只能买肥大的棉拖鞋穿。

第二件事，也是处理一件赖账纠纷。法院的两位老审判员，去承德执行破产案件裁定，在把欠款的被执行人、一位女老板带回的途中，竟然受到几辆车追赶阻拦，车上不仅有这个女老板的员工，还有她在司法部门的亲戚朋友，高喊法院的两位审判员"违法"了，扬言要拘留他们，李凤艳听完汇报后，果断地说："你们不要怕，这是个破产案件，我们司法有据！"经过两位老法官的努力，终于把那个被执行人带回来了，安顿在一个宾馆，李凤艳和刘副院长（当时她主管执行）立马去接应。到宾馆后，李凤艳细心观察，发现这个女老板衣袋鼓鼓囊囊，所欠的 32000 块钱，很可能就在她身上装着呢，她大概心存侥幸，事先做了"两手准备"，实在拖不下去了就给，但能赖还

执行受阻，李凤艳赶赴现场

是继续赖下去。此时，跟随追来的人说，案子没有开庭，你们迁西法院就把被执行人带走违法，说了不少"理由"。李凤艳与刘副院长商量了一下，就对他们说，你们对当地企业的爱护，对亲属的帮助，我们非常理解，但是，破

产法有规定，破产裁定一经签发，立即生效，不需要开庭，裁定我们已经送达，而且债权人大会已经开了，她没有参加，那是她的问题，这些，如果你们不信，可回去请教一下法律专家，有钱不还，我们是不是可以带走她？下一步我们还要依法拘留她！

　　来人一听说拘留，还要把那个女老板送看守所，害怕了，僵持了两个多小时，到晚上 10 点多钟，对方同意把款还清，

把人带回去。李凤艳说可以，但有两条，第一，你们得跟两位审判员赔礼道歉，我们依法办案，没有任何差错，你们凭什么阻挠，还威胁要抓他们？第二，除了交清欠款，利息也得交。来人表示，不应该拒不执行，不应该追赶阻拦吓唬司法人员，但说女老板做生意赔了，希望免去部分利息，李凤艳和刘副院长商量了一下，告知并得到申请人同意，当晚全部履行，此案双方就算和解。

法院的执行环节，常被视为难点，它不仅需要业务精熟，有时还和打仗一样，需要勇敢、智慧、果断以及现场的应变能力，这对法官的素质是一种综合考验，李凤艳在副院长的岗位上，已经显现了这种可贵的能力。

三、在学习中成长

李凤艳走上领导岗位以后，肩上的担子越来越重，也越来越感到知识的重要，因此她克服种种困难，不放弃一切学习的机会，积极参加上级安排的各种进修学习，曾几次在河北政法管理干部学院学习。

1994 年 9 月，她考入河北省党校函授学院经济管理专业大专班，学习了 3 年，1997 年 7 月毕业后，紧接着又考入本学院政法专业本科班学习，顺利毕业。通过近六年的党校函授班学习，使她在政治思想、业务知识、工作水平上，都有了较大的进步，1998 年 1 月，她被提拔到迁安市法院任院长，可以说是一个进步的标志，因此她深刻体会到学习的重要，她在一篇《参加党校函授学习的体会》中写道——

六年来的党校函授学习，确有苦辣酸甜，给我的体会是深刻的：

第一，做到一个"高"字。就是对参加学习的认识，必须高度重视。党校是培养人才的地方，是提高理论水平，强化素质的大熔炉，参加学习不光是为了得到文凭，更重要的是学习党的方针政策，提高自己的思想政治水平及分析解决问题的能力，扩大知识面，增加为人民服务的本领，做一个又红又专的领导干部。因为对党校的学习高度重视，从第一天学习开始，我就下决心学好，从不应付，坚决按学校老师规定的要求去做，真正当好学生。

第二，克服一个"难"字。我作为一个中年女领导干部，正是工作担子重，家务负担重，上有老、下有小的非常困难时期，刚上专科班时，我女儿才6岁，婆母70多岁，年老体弱，需人照顾。我在迁西法院任副院长，分管民事、告申、行政、法警四项工作，经常去外地办案。这样，我参加面授特别难，工作和学习矛盾突出，家务和学习困难摆在面前，我首先把工作安排好，尽量坚持参加面授，无特殊情况不请假；其次是在忙家务的同时，挤出时间学习看书，背考试题，如在医院给老人陪床拿出点儿时间看书，在办案坐车的途中看书等。正确处理工学及家务矛盾，使自己克服了种种困难，坚持参加学习。

第三，讲究一个"巧"字。党校函授学习科目多量大，考试比较严格，为了取得好的学习成绩，我认为不能像小学、中

学那样学习，应该讲究一个"巧"字。首先是坚持课前预习，带着问题听老师讲课。比如在上大专经济管理专业时，由于自己不是搞经济的，往往有些名词术语看不懂，就提前把老师讲的内容看完，不懂的地方记下来。面授上课时向老师请教。其次是坚持听好面授课。面授课要去唐山上课，往返需三个多小时，我千方百计克服路远的困难，上课认真记笔记，重点画在书上，留有专门记号，做作业时对照笔记、书和老师讲的认真完成。再次是课后及时复习，自己给自己出题目，使理解能力增强。

李凤艳获得的学历证书

总之，党校函授学习，一要认识高，二要不怕难，三要讲方法，才能使学业有成。通过近六年的学习，我确实有了不少的收获，对思想和工作帮助很大。在党校的几年，认真系统学习了马克思主义哲学、政治经济学、科学社会主义等经典文选，使自己更加坚定了共产主义信念，增强了党性，使自己的工作决策上有了理论的指导。司法实践中，注意处理好发展和稳定的关系、执法和社会效果的关系，做好当事人耐心细致的思想工作，力求执法和社会效果的统一，减少了上访，取得了人民比较满意的效果。

四、"一把手"的担当

1998 年 1 月，李凤艳调任迁安市法院党组书记、院长，实职副县级，这是她参加工作 20 年后首次主持全面工作，成为"一把手"。

在迁安市法院五年多的时间，是李凤艳充分展示工作能力的重要阶段之一，她全身心扑在工作上，几乎没有休过星期天，没有

时任迁安市人民法院院长的李凤艳在公判大会上宣读宣判词

休过节假日，"工作，工作，除了工作，还是工作！拼搏，拼搏，各个方面，都要争先！"她曾有过一个向上级汇报的工作总结，这样叙述当时的情况：

"第一是抓刑事审判工作，维护社会稳定。刑事审判是保证社会稳定的重要手段，那时迁安法院一年要审理800多件刑事案件，主要是抢劫、盗窃以及严重侵犯人身财产权的案件，为了震慑犯罪，给人民群众安全感，使经济发展有一个良好的法治环境，每年要召开几次公判大会，收到了良好的社会效果，因为充分发挥了民事、经济、行政审判在经济发展中的作用，法院得到了迁安市委、唐山市委、河北省高院以及广大群众的肯定。

2000年3月26日，河北省高院副院长米振翔向唐山市法官颁发证书。图为李凤艳接受高级法官证书。

"第二是抓了硬件建设，盖了一个新法院。我1998年到迁安法院上任的时候，法院是一处小平房，特别破烂，远远不能适应审判工作的需要，于是我们请示领导，申请建设法院办公楼。从1998年开始筹划，先后去全国几个地方考察，回来画图纸，然后请示财政拨款，四处筹钱，请求支援，通过一年多的努力，1999年新法院落成，破旧的房屋变成了高楼，焕然一新，办公环境得到了根本性的改变，在唐山市被评为硬件建设最好的法院。

"第三是抓了队伍建设。队伍建设，重点是严明纪律，提高法官干警素质和专业水平，当时最高院在我们这里搞'禁止双方当事人接触原则'的试点，在省院的指导下，试点非常成功，迁安市法院成为全省的先进，在 2001 年又被评为全国人民满意好法院，迁安市委、市政府还给每个干警奖励了 800 元钱。

"第四是抓廉政建设。把廉政放在首位，制定廉洁办案、勤政办案的保证措施，在每个干警的办公桌上放置警示牌，形成廉政氛围。

"第五是抓司法公正。从调解和执行两方面入手，提高判

多名法官组成合议庭

案执法水平，法院在审理一些比较棘手的案件时，打破常规，积极探索审案新形式。有一个离婚案件，法院事先从妇联了解到，男方当事人不仅赌博，还有家暴行为，且态度蛮横，女方要求离婚，平时开庭一般是三人，但这次成立了一个由七名女法官组成的合议庭，强大阵容使男方心灵受到震慑，经过开庭

等一系列程序，法庭对这个案子进行了和好调解，男方表示痛改前非，并立下保证，请法官监督；女方也同意给丈夫一次机会，开庭连带调解用了半天时间，顺利完成，此后这对夫妇，和顺生活，社会效果很好。因为注重调解，几年来案件调解率平均达到 60% 以上，有力促进了社会的和谐。

"在抓执行时，既要坚决，又要依照法律办事。一次，有一个村干部欠人家 5000 多块钱，总也不给，而且态度不好，债权人向法院申请执行，但几次执行没有成功，于是，我便与分管执行的副局长一起，到那村干部家里做工作，发现人大代表的照片挂在屋里，立刻意识到，此干部是人大代表，执行有一定的特殊性，便先晓之于理，动之以情，说，你是人大代表啊，这可是很高的荣誉，但欠债不还那可是违法的事情，因为 5000 元欠款受制裁，失去人大代表身份，不是因小失大吗？他觉得有道理，马上把 5000 元执行款交了。"

李凤艳在迁安市法院期间的工作，争先创优，成绩突出，得到了上级的充分肯定，其中两项成为业界先进标杆，河北省高级人民法院曾在迁安市两次召开现场会，向全省推广。李凤艳也被授予一等功一次，二等功两次，被评为全省模范女法官。2002 年 3 月 6 日，《河北法制报》在头版发表的评论《为女法官喝彩》指出，全省"有六名县人民法院女院长"，李凤艳自然是其中之一，在"三八"妇女节的当天，《河北法制报》为这六名女院长开出"三八寄语"专栏，发表了她们每人写下的愿景，李凤艳以洒脱的笔体写道："直面机遇，迎接挑战，投身改革，锐意进取，以一流的审判业绩，尽展法官风采！"

　　2002年"五一"前夕，河北省法院系统表彰大会在石家庄召开，此后，李凤艳又成为记者追踪报道的"明星"，5月22日的《河北法制报》，头版头条刊载了记者曹天健采访李凤艳的通讯《女将带兵》，这篇报道，与本书所写的内容并不重复，还可互为补充，故不妨登录存照：

女 将 带 兵

——记河北省法院系统一等功荣立者、迁安市法院院长李凤艳

　　"来了这么个女同志当院长，她行吗？"

　　1998年1月，当身体瘦弱的迁西县法院副院长李凤艳走马上任迁安市法院院长时，迎来的是人们怀疑和观望的目光，四年后的今天，她恪尽职守、呕心沥血的拼搏奉献，以及保一方平安的工作实绩，赢得了党和人民的信赖，赢得了迁安法院全体干警的由衷敬佩。

　　今年五一节前夕，在全省高级法官代表会议期间，李凤艳和全省法院先进集体、先进个人的代表一起，参加了隆重的表彰大会，当她从省法院领导手中接过一等功奖章和证书，"心情出奇的平静，这些荣誉都是党和人民给的，我一定要加倍珍惜，加倍努力工作！"记者在迁安市法院采访时，李凤艳院长说出了当时的真实感受。

班子里的"主心骨"

俗话说，"队伍一面墙，班子一根梁"，要立好班子这个梁，矗立队伍这面墙，作为班子的班长，首先要当好"主心骨"。上任伊始，李凤艳就在锻造自身和锻造班子上狠下功夫，她常说，作为领导干部，只有不断学习，提高政治理论修养，并指导工作实践，才能适应新时期的领导工作，驾驭好全局。因此，无论工作多忙，她都能抓时间、挤时间学习，不断充实自己。几年来，她还结合工作实际，写出了20多篇调研文章，在她的带动下，法院班子形成讲学习、重调研的良好风气，班子的政治敏感性和驾驭全局的能力不断增强。

班子团结是带好队伍的基础，作为一院之长，李凤艳坚持当班长，而不当家长；当"一把手"，而不当"一把抓"，她把党组会作为研究决策工作的阵地；把班子民主生活会当作开展批评与自我批评、化解矛盾、增进团结的阵地；把开展谈心活动作为沟通感情、交流思想、做好思想政治工作的法宝。仅2001年，她就召开班子民主生活会四次，与党组成员、中层干部谈心100多人次，达到了班子成员之间，工作上互勉、生活上互助的团结互助的局面，几位副职在全局工作中甘当配角、在主管的工作中唱好主角。

在抓好班子理论学习的同时，她还在组织观念过硬、思想作风过硬、廉政建设过硬上下功夫，"班子约法三章"，"班子成员实绩考核档案"，"班子成员月考核制度"等，对每名班子成员进行量化打分考核，规范了每名班子成员的行为。

工作上的"排头兵"

2000 年 7 月，骄阳似火，此时正是迁安市法院新建办公楼建设的关键时期，多年来，法院都是在大车店似的环境中开庭审案办公，为彻底改变办公条件，李凤艳到处奔走，跑政府有关部门办理征地手续，寻求资金支持，大楼施工中，每天无论工作多忙，她都要来一趟工地，多日的奔波操劳，加上天气炎热，她曾晕倒在建筑工地上，稍事休息，缓过劲儿来，她又投入到工作中，这只是她忘我拼搏的一个镜头。今年 45 岁的李凤艳身体一直不好，多年如一日的劳累，使她患上了风湿、胸膜粘连等疾病，可她从没有想过，躺在病床上稳稳当当的休息，照样是白天抓工作，晚上办案子，搞调研，召开党组会、审委会，每天的工作安排的满满当当，曾有两次，李凤艳因体力不支晕倒在审委会上。"带头工作，带头奉献"，是李凤艳的座右铭。

2001 年，迁安市委提出"建设钢铁迁安中等城市"的目标，围绕这一目标，李凤艳和迁安法院党组一班人，喊响了"四个带头"的口号：带头学习"三个代表"重要思想；带头进行调研；带头服务大局；带头联系群众。迁安市法院在执行迁安镇某建筑公司申请执行的河里村 80 万元欠款案中，由于比较复杂的原因，执行工作受阻，建筑公司和河里村双方情绪都很激动，为妥善处理这一案件，实现法律效果和社会效果的统一，李凤艳亲自主持研究执行方案，最后在市委、市人大的支持下，通过讲明法律事实和道理，使双方从维护稳定大局出发，达成了协议。

2002 年，开展"转变审判作风年活动"后，李凤艳带领班子成员组成六个小组，分别走访了迁安市人大代表、政协委员、各乡镇党委、市直机关行政执法单位、民营企业和市重点工程施工单位，广泛征求意见，倾听来自基层和有关单位的呼声，受到了社会各界的称赞。

干警背后的勤务员

靠抓学习、抓管理，提高班子和队伍的素质；靠以身作则，带动班子成员和干警争先创优；靠抓党风廉政建设，确保司法公正；靠关心干警成长，关心干警生活，凝聚队伍，是李凤艳带兵的法宝。

在迁安法院采访干警，他们多次提到李院长既有大将风度，又有女同志特有的细心。比如每逢哪位干警过生日，都会收到一束鲜花和一盒生日蛋糕，原来这是李院长让政治处的同志特意安排的，事情虽小，可让人心头热乎乎的。去年，有一名老干警因家在天津，春节期间没能回去，李院长得知后，在腊月27 日自己花钱，拿着过节礼品去看望他，让这位老干警非常感动。

为真正掌握基层法庭的情况，李凤艳经常事先不打招呼，就到乡镇法庭搞调查，了解工作情况，听取意见，到了吃饭时间，就在当地吃农家饭，边吃饭边和乡镇干部谈，当了解到有的法庭办公条件较差，影响办案的情况后，她回到院里，马上和班子成员商量，加强法庭的硬件建设。如今迁安法院现有的八个基层法庭，已有七个达到了规定的标准。

在李凤艳的带领下，迁安法院的各项工作走在了前列，执行、法警、纪检监察、信息和思想宣传工作，被省高院评为先进单位，审理前、审理中和审理后的管理与改革，得到最高人民法院、省高级人民法院和唐山市中级人民法院的肯定。

（2002 年 5 月 22 日《河北法制报》第一版）

李凤艳深入工厂车间进行调研

五、"军功章上他的功劳占 60%！"

由于李凤艳在迁安法院工作比较出色，唐山电视台记者到迁安采访了她，记者问她为什么能干得这么好？她说了很多理由，包括迁安市委的正确领导，迁安市人民的支持，迁安市法院全体干警的厚爱，然后动情地说道，自己所取得的一切成绩，离不开丈夫王必顺的支持。记者问："正像一首歌唱的，'军功章上有你的一半，有他的一半'？"李凤艳回应道，"不，我要给他 60%，因为家庭的担子，他担起了大部分，既当爹又当妈，很不容易，60% 给他不为过！"

　　李凤艳说得不错。自从当了迁安法院院长之后，因为工作繁忙，很少回迁西的家。虽说迁安离迁西并不太远，但那个时候，领导没有专车，李凤艳回家也不愿意用单位公车，长途班车也少之又少。2000年的夏天，李凤艳正全身心抓法院办公大楼的建设，没日没夜地忙，一晃，又是一个多月没有回家了，当时二女儿王冠瑛，正在迁西上五年级，孩子说想妈妈，王必顺就骑着摩托车，带着孩子去迁安，迁西与迁安相隔50多公里，当他们快到家属院时，路上坑坑洼洼的，一阵急速颠簸，摩托车翻了，把他俩压在摩托车底下，王必顺先起来，搬起车，拽起孩子，发现王冠瑛右边裤腿直冒烟，王必顺问孩子，咋地啦？王冠英"哇"的一声哭了，说"疼"，王必顺细看，原来是摩托车排气管子，把孩子的右小腿烫伤了，吓得王必顺赶紧带孩子先到医院上了烫伤药。

　　李凤艳晚上回家后，孩子还没睡觉，疼得直哭，她问清原因，心中又是一阵自责，当时正是盖楼的时候，一些设计和具体的工作都得她去做，等着她去拍板，如果每周她能回去一次的话，孩子也不至于这么想她，丈夫和孩子也不至于骑着摩托到迁安来。她又联想到大女儿磕破脑门的事，这一切，表面看是丈夫的"疏忽"，其实也与她为了工作，忽视了家庭有关……

　　王必顺对妻子的忙，深有体会，说她在家总犯"职业病"，尤其是吃饭的时候，端着碗就愣神儿，经常把饭菜耽搁凉了。以至于王必顺经常"抱怨"她，"工作时忙，回家还忙，好好吃饭吧，别犯职业病了。"当然，虽是抱怨，更是心疼。

　　对此，李凤艳的解释是，她的确经常犯这个"毛病"，尤其当院长，成为"一把手"以后，白天晚上一般都是领导找，领导给她来电话都是有重要的事，她听了电话就要想怎么办，希望能快点找到办法，哪怕是端着碗，也要想，常常把饭菜放凉了；有的时候，白天遇到问题不好处理，没有想出好办法，回家后必然要接着考虑；还有，比如下班的时候，被上访人给截住了，要求解决问题，像这种情况，她就要考虑次日由谁去接待这个当事人，怎样解决最合理，她就得要提前想好，所以就难免常常"愣神"了。

　　至于李凤艳说，把军功章上的"60%"给王必顺，那也是她的真心话。因为李凤艳在迁安市法院工作，王必顺和孩

2003年6月任迁安市电力局基建办公室主任的王必顺在迎宾路彩虹门施工现场指挥工作。

子在迁西，生活极为不便，所以，按照组织的安排，1999年6月，王必顺由迁西县电力局，调入迁安市西迪电力责任有限公司，职务是办公室副主任。2002年，任西迪公司党支部书记，兼办公室主任；2003年调入迁安市电力局基建办公室任主任；2005年调回西迪责任有限公司，任联合党支部书记、西迪公

司党支部书记；2008 年至 2011 年 10 月，调入迁安市电力公司野鸡坨供电所，任党支部书记。2011 年至 2015 年调入唐山市路南区城管大队工作。

1999 年，王必顺从迁西电力走出来，直至 2011 年 12 年间的经历可以看出，他所从事的工作也不清闲。特别是开始那几年，两个孩子小，李凤艳忙工作顾不上，都是王必顺在单位忙完工作，立刻回家做饭、照顾孩子，还要做家务，真是既当爹又当妈。不仅如此，他还忙里偷闲，挤时间从事他热爱的新闻报道工作，多年来，为各级报刊撰写新闻稿件，许多稿件先后被唐山供电报、唐山劳动日报、河北工人报、本溪日报、辽宁日报、工人日报、唐山电台、河北电台、辽宁电台等媒体采用，他曾多次被评为市报、省报的优秀通讯员。

第六章　　凤之鸣：女法官（中）

凤凰上击九千里，绝云霓兮，负苍天乎窈冥之中。

——（西汉）宋玉《对问》

2003 年 4 月 3 日，李凤艳调任唐山市路南区法院党组书记、法院院长，至 2011 年 12 月 22 日结束。在路南区法院的 8 年中，因为遇到了"非典"和城市建设中拆迁等问题，李凤艳作为"一把手"，身挑重担，冲在前，干在前，可谓凤兴夜寐，宵衣旰食，其繁忙紧张程度超过以前，也是她事业上取得突出成绩的时期。

一、盖了一座楼，历练了一个好班子

李凤艳一到唐山市路南区法院，与到迁安市法院一样，遇到的也是"硬件"建设——盖楼。因为资金困难，盖这个楼，她真是操碎了心。

她刚上任的时候，路南区法院的新楼，已经盖到第四层却停了工，一打听，原来是因为法院缺钱没有及时拨款，当初建楼的时候，路南区政府财政困难，银行无法贷款，合同中写明，按工程进度用诉讼费付建筑款，每年付多少，五年付清。如今资金出了问题，李凤艳找建筑公司经理商量，想缓一缓，经理的态度却不容商量，口气很"硬"：按合同办事，不给钱就停工。李凤艳心里很明白，建筑商说的没错，法院是说理执法的地方，首先要尊重合同，合同上写的是用诉讼费还账，但短时间哪有那么多诉讼费呢，难就难在这里了，怎么办？大楼还能不能盖下去，干警们又是怎么想的，从党组成员到中层干部，再到普通干警和工作人员，李凤艳一口气走访了78人，得到一个清晰的答案：大楼的确是应该建的，原来的办公楼，破旧不堪，冬无暖气，法官们在零下五六度的寒气中写判决；夏无空调，大家在闷罐似的审判厅里开庭；下雨了，17间办公室同时漏雨，办公环境之糟，极为罕见。

盖新楼既然是事业发展的需要，又是法院上下的期盼，李凤艳心里有了底气：那就克服困难，一定把楼盖成！经过领导班子讨论，决定发动大家找门路借钱，规定多少利息多长时间还人家，先是党组成员，每个人分任务，你借10万，他借20万，党组成员借不来了，就发动中层干部，每人借5万，每周开一次调度会，首先统计，你借了多少钱？他借了多少钱？还差多少？李凤艳初来乍到，熟人不多，为了带头完成任务，也硬着头皮和只在一起开过一次会的老板借了10万元。

院党组成员带头千方百计筹借建房款，钱来的不易，李凤艳等院领导把大楼建设当作自己家里的事一样，处处精打细算。分管基建的副院长孙占友恨不得一分钱掰成两半花，他前两年因车祸颈椎受伤，一累就犯病头晕，可是从工程开工那天起，他的生活中就没有了星期天的概念，每天往返工地，有时忙得连饭都顾不上吃，大楼装修购买瓷砖时，法院通过市场调查，自己采购同样的瓷砖，每块比报价便宜了10元，仅此一项就节约了近万元。

李凤艳干起工作来，有一种让人喘不过气来的快节奏，是出了名的"拼命三郎"，但事后回忆，她自己都有些心惊肉跳："当时那个忙啊！上班没有钟点，没回过家，夜间没有睡过整宿觉，每天睡两三个小时。"

好不容易新楼建成，2003年10月，法院搬迁正在紧张进行的时候，李凤艳家里出了事，丈夫生病住进工人医院；二女儿得了一种严重的疑难疾病，浑身瘫软无力，住在北京301医院，因院里工作忙脱不开身，李凤艳只好雇了一位保姆在医院照看；而上高中的大女儿，此时也突发高烧，作为一个妻子，一个母亲，李凤艳心急火燎，可是家里的困难她没有对任何人讲，她只是在心里暗暗告诫自己："挺住！绝不能倒下，不能因为自己影响全院的工作！"

李凤艳公而忘私的敬业精神，坚韧顽强的工作作风，使人们对这位女院长心生敬佩。

有句流传很广的话说，"起来一座大楼，倒下一批干部"，但路南法院在建楼中表现出来的精神，受到好评，一座大楼历练出一个作风正派、团结实干的领导班子。

李凤艳在路南区法院党组会上讲解廉洁执法问题

二、"非典"时期的考验

2003 年春，李凤艳刚到路南法院上班，万事开头难，许多工作需要研究部署，恰在此时，又遇上声势浩大、牵动全国的抗击"非典"战役，疾风知劲草，大浪淘金沙，非常时期对每个干部都是一次考验。

首先是生活上的困难。当时她家在迁安，还没搬来唐山，而且特殊时期，人员停止流动，也难以回家，李凤艳从 4 月 22 日开始，三个月没进过家门，女儿打电话想妈妈想的直哭；路南法院当时没有食堂，"非典"时期，大街上的饭店大多关门停业，李凤艳没处吃饭，经常上顿下顿吃方便面，工作却异常繁忙，常常一天工作十五六个小时，有时候甚至 24 小时"连轴转"。

其次是法官肩上的担子加重。国家各级政府为应对"非典"颁布了较多的法律法规和政策，法院必须尽快学习和准确掌握，而且在执法实践中要做好与原有法律法规的衔接。而在生活脱离常规、工作任务加重的氛围之下，最容易产生懈怠和急躁情绪，影响执法的严肃和公正，因此，在特殊时期出现的典型案例，快速判断，依法判决，发挥法律对社会的"衡稳器"的作用，对于一个法院的领导者来说，是不小的考验。可喜的是，作风果断泼辣的李凤艳，又展现了她冷静沉稳的另一面，急中有智，注重细节，一丝不苟。

"非典"时期，河北省第一例招摇撞骗的刑事案件在唐山市路南区发生，犯罪嫌疑人因售卖"非典"假药被抓，如能快速高质量地审结此案，将对特殊时期的法治环境起到很好的警示作用。但"非典"时期，因为疫情监控的需要，国家对人员流动和集体活动有一系列的严格要求，这给法院审案判案带来一定的难度，庭审时把那嫌疑人带来，刚要开庭，法警提出嫌疑人可能发烧，拿体温表一量，真的有些发烧。当时体温，是"非典"检查的关键指标，一旦确认发烧，就要受到必要的跟踪监控，不能参与任何群体活动，当然更不能开庭，怎么办？意见不一，李凤艳立即作出决定，指派法警带着嫌疑人到规定地点检查，看看是不是得了"非典"，是"非典"，庭就不开了，如果不是"非典"，就继续开庭。检查结果，不是"非典"，按时开庭，从上午 10 点一直开到下午 1 点，庭审顺利结束。这是全省第

一例打击"非典"时期发生的刑事案件，在全唐山市乃至全省很有示范作用，被认为路南法院在"非典"时期做出的重要贡献。

李凤艳深知，非常时期，氛围浮躁，审判案件更要注重程序规范和细节的准确，发现问题，必须果断及时纠正。在她上任前，一家商厦的经理张某，因虚开发票犯罪，被一审判刑五年，判决之后，张某认为判得重，提起上诉；而商厦的60多名职工也有意见，多次上访。

一天中午时分，商厦的几十名职工又来了，都戴着口罩，堵住了法院的大门，一个劲喊，"院长出来！""院长出来！"，情绪很激动，干警们怕出事情，劝院长从后门脱身，李凤艳心想，工作中出了矛盾，百姓心里有气，有话要讲，必须认真倾听百姓呼声，决不能躲，越躲越被动。她对干警们说："我是老百姓'出身'，我要听群众到底有啥意见"。她当时也顾不上戴口罩，就让办公室主任留下陪同，一起来到法院大门口，这时，上访职工中有人问："你是院长吗？"李凤艳道："是，我今天就是接待大家来了"。群众看这位女院长说话实在，不像敷衍了事，情绪有些缓和。

李凤艳亲切地说道："现在12点多了，兄弟姐妹们估计都饿了，咱们先吃饭，附近没有大饭店，有个小饭馆，渣粥、火烧、朝鲜面，管大家饱，下午两点接待你们，咱们详细谈，好不好？走吧！"

一席话，职工们的情绪一下就稳了下来，纷纷说，那我们就不跟你去吃饭了，我们下午两点准时到这儿说事，李凤艳道："可以啊，但有几个要求：一是你们60多人选五个代表；二是你们中午商量一下，把要说的事情准备好，我们分五个小组接待你们；第三有事说事，接待完了，大家回去，等结果。"下午两点，职工代表真来了，院里派了五组干警，两个人负责接待一个人，突然，其中一位职工说："你们是想拘留我们吧？那可不行！"李凤艳笑了，说，肯定不会拘留你们，分组接待，是为了让你们的每个代表把话充分说清楚，也便于把你们反映的问题记详细，然后分清哪些问题在理，哪些问题不在理，这有什么不好？他们一听，说，行啊。于是，接待就开始了，每组接待两个小时，作了详细记录。

通过接待，法院详细了解了商厦虚开发票案的详细过程，也摸清了群众之所以上访的真正原因。原来在这个商厦，经理占有 90% 的股份，70 多名职工只占 10% 的股份，如果执行了一审判决，张某服刑，这个商厦就难以存在了，但商厦的职工怎么办？职工就是因为这个来法院要说法的。了解到这些情况以后，法院把职工提出的问题梳理出来，对照法律规定，分成有理的和没理的，并向五位代表做了耐心解释，没理的事为什么没理，劝他们不要再坚持；有理的事，法院会展开调查，请他们等待消息。

然后，李凤艳就组织人员开展调查研究。首先进一步核实了商厦的资产，又从税务部门了解到，商厦因虚开发票，被处以两项罚款，一是罚金，二是罚税款，共罚二三百万元，但按法律规定，罚金可以折抵税款，这样，原来的罚款额度减少很多。根据本案实际，路南法院在唐山市中级人民法院二审发还后，将张某原判五年改判为二年有期徒刑，缓刑三年。与此同

时，李凤艳又把商厦 70 多名职工的工作受案件影响的情况，向区里领导进行了汇报，希望能为这些职工想想办法，通过区里牵线协调，百货大楼收购接收了商厦，张某能抽回自己的资金，没受到损失；每个职工也都有了"新家"，没有了后顾之忧，都非常满意。

案件宣判以后，路南区人大负责人看到此案的信息报道，批示道：路南法院依法办案，服务大局，做得非常好，值得推广。

三、重担下的风采

李凤艳在路南法院工作期间，赶上了唐山市城市建设中大规模的拆迁工作，这项工作被列为当时党和政府的"中心工作"，叫"三年大变样"，拆迁任务急，牵动面大，引发的矛盾多，涉及的法律广，关系到群众的切身利益和经济建设的大局，法院处于工作的最前沿，再加上平时常见的一般性案件，每年全院要受理各类案件达几千件，一线法官人均结案 100 多件，工作量之大，院长肩上的担子之沉重，可想而知。然而李凤艳从来就是一个敢于挑战困难的角色，有一种越是艰险越向前的风采，她带领法院全体干警，在区委的正确领导下，在区人大及其常委会和上级法院的监督指导下，在区政府、区政协及社会各界的大力支持下，认真履行宪法和法律赋予的职责，坚持为大局服务的方针，坚持司法为民的根本宗旨，依法妥善审理好关系群众切身利益的案件；把解决民生问题，化解社会矛盾放在首位，完善和落实各项便民措施，认真审理好涉民、涉农案件，努力解决当事人合法诉求，最大限度地减少不和谐因素。所受理的审判、执行案件，保证审限内全收全结。同时积极发挥综合调控作用，进一步落实宽严相济的刑事政策，不断加大

　　2006年9月，最高人民法院审判委员会专职委员黄尔梅（左三）在唐山市中级人民法院院长李德仁（左一）的陪同下参观路南法院调解室。

对严重刑事犯罪的惩治力度；坚持"调解优先，调判结合"的原则，进一步加强司法调解工作，积极推进多元化纠纷解决机制建设，强化诉前调解，依托基层组织，创新社会管理方式，把大量矛盾纠纷解决在诉前，化解在诉外，为全区社会稳定和经济发展提供了优质的法律服务。

　　其中，有几个拆迁户的顺利搬迁，李凤艳融入了大量心血。

　　2008年，某办事处辖区内夏女士所住的房子，需要拆迁，但夏女士想不通，一直不搬，办事处实在没有办法，就找到李凤艳，希望李院长做她的工作。正巧，夏女士的前夫之母在沄

院有诉讼，状告夏女士占着她的房子不搬家。调查得知，夏女士与丈夫离婚已经有几年了，当初房子判给了男方，婚生女儿则随夏女士生活，夏女士不搬家是因为男方不给付女儿的抚养费，法院找夏女士要她腾房，她就要求男方付抚养费，持续几年也未能解决。李凤艳认识到，这种状况要实现腾房，必须"双向执行"才行，即让夏女士前夫交抚养费与夏女士搬家，同时强制执行。但李凤艳又了解到，夏女士的前夫有病不能工作，交抚养费的确有困难，要解开这个"结子"，靠强制执行，效果不好。李凤艳坚持以人为本，人性化执法，既要积极兑现胜诉当事人的合法权益，还要充分考虑被执行人的生存保障等基本权利，刚柔并济，法理与情理兼顾，让人民群众在感受到公平正义的同时，也感受到司法的温情，从群众的切身利益考虑，必须另外寻求办法。于是，她从帮助夏女士解决廉租房入手，破解难题。

解决廉租房，手续繁杂，颇为不易，李凤艳紧紧盯着这个事，有时还要亲自去跑，经过申请，找区长和房管局长协调，乃至帮夏女士去办各种手续，用了近两年时间，才把廉租房的钥匙拿到手。廉租房的解决，夏女士的住处有了着落，搬家问题也解决了，搬家时，李凤艳又帮助夏女士找了车，运送杂七杂八的家当，整整拉了五车。对困难群众这够得上全心全意的"一条龙"服务了，搬家后，夏女士前夫之母息诉息访，拆迁得以顺利进行。后来，夏女士的女儿考上了大学，李凤艳还专门请她的女儿吃了一顿饭，送1000元礼金给她，一来表示祝贺，二来嘱咐鼓励她好好学习，努力成为社会的有用人才。

另一件事，是动员周老太搬迁。

2011 年 10 月，法院具体负责的一位周姓老太太的搬迁任务遇阻，达不成协议，那里的拆迁户都签了，就等她了。法院的同志对这个周老太太很是无奈，听了汇报之后，李凤艳心想，周老太不搬迁，情绪对立，必定有想不通的地方，切忌态度生硬，经过亲自接触，得知周老太就是嫌补偿低，另一个是故土难离。对于补偿费用问题，李凤艳把政府的政策逐项讲细、讲明，把新安置措施的

李凤艳深入街道进行走访

有利讲清，化解了老人对故土的依恋；同时付出真情，把老人当成自己的亲人，做通了老人女儿女婿的工作，老人家有什么困难，或是老人有病，李凤艳都热情帮忙，登门看望。2011 年的冬天特别冷，李凤艳得了重感冒，在二五五医院住院治疗，输液期间，有时还没输半瓶呢，得知周老太思想未通，或有反复，必须由她出面疏通，她二话不说，拔了输液针管就走，这样的情况不止一次，气得医生说："你这个病号，拿病不当病，总是没输完就走，回来就更严重，我们管不了，别在我们这治了！"

李凤艳真诚热情的工作态度，令周老太由衷佩服，深受感动，爽快说道："我听你的！"随即签下协议，拆迁得以顺利进行。

通过这件事情的交往，李凤艳和周老太还结成了朋友，逢年过节，李凤艳都带上礼物去看她， 2012 年 5 月 28 日，李凤艳的二女儿王冠瑛结婚，周老太把亲手绣的一幅六尺十字绣"花开富贵"装裱后用车拉到婚礼现场，这是她花了几个月的时间绣的，做工精细，来宾啧啧称赞，周老太的这件贵重礼物，李凤艳事先并不知情，事后，李凤艳问了问装裱店，得知这幅画很值钱，李凤艳执意给钱，周老太坚决不要，此后，两人的交情越来越深。

周老太缝制的十字绣

对于李凤艳的这种做法，有人说是"多管闲事"，操心费力，没有必要，认为法院有权，直接依法办事就行了。但李凤艳认为，城市建设中的拆迁，因为督办力度大，时间要求快，执法者容易产生急躁情绪，要谨防居高临下，盛气凌人，激化与被执行人之间的矛盾，出现执法违法的现象。李凤艳从步入法院大门的那天起，就一直坚守一个信条：法院办理案件，要根据每个案件的特点，全方位考虑社会效果，要突出人性化的理念，坚持以调解为主、强制为辅，耐心教育，化解矛盾，实现定分止争，充分体现法律的公平、正义，路南区法院因为坚持了这样的理念，收到良好的效果。

青少年犯罪，是社会的突出问题，也是李凤艳始终关注的问题，她认为，对于青少年的刑罚，以及影响到少年健康成长的案例，必须采取谨慎态度，慎重考虑，每当出现这些方面的情况，李凤艳都是及时召开院长办公会议，细致研究应对措施，以求达到最好的效果。少年王某犯罪，被判了实刑，为了让他看到希望，法院专门派员去石家庄少年管教所探望他，给他过生日，他感动的痛哭流涕，决心痛改前非，进步很快，并立功获得减刑，提早出狱。

另外一个少年李某，上初一时思想处于叛逆期，看到父母闹矛盾，去法院打离婚，一时受不了，说自己不想活了，学也不上了，成绩一落千丈，几次从家里出走，李凤艳得知此情况后，心急火燎。一方面立马派员和他家人一起寻找，另一方面，指示法官根据他父母婚姻的实际情况，劝他们体谅儿子的心情，互相观察一段时间再做决定，避免引发严重后果。夫妻二人听从了法庭的建议，放弃了离婚的打算，儿子的心情稳定了，法院又找到学校，对他多加关照，他学习成绩提高很快，考上了中国传媒大学，其母代表全家给法院送来锦旗，表示感谢，后来，李某大学毕业后又考上了研究生。

四、"胸有点子，干出样子"

李凤艳到唐山市路南区法院工作以来，以一名优秀的共产党员的标准严格要求自己，始终牢记全心全意为人民服务的宗

旨，严于律己，公正执法，勤奋工作，她所领导的路南区法院，被共青团中央、最高人民法院等 11 个部门联合授予全国"优秀青少年维权岗"，被全国妇联授予全国"三八红旗集体"，被最高人民法院评为"思想政治工作先进单位"，被河北省高院评为优秀人民法院、宣传工作先进单位；她个人也荣获了省级青少年维权工作先进个人，省、市级"三八红旗手"、优秀领导干部等荣誉。

这些成绩的取得，最重要的原因有两条，一是以身作则，以自身硬、自身正的素质形象做表率；二是讲究方式方法和领导艺术，用通俗的话来说，就是胸中既有"点子"，又能干出"样子"，李凤艳充分发挥领导班子的作用，带领法院干警上下一致、同心同德干事业。

李凤艳的表率作用，首先表现在学习上，她按时参加区委中心组和院领导班子中心组的学习，认真学习党报、党刊和各类文件，以不断强化自身的政治理论水平和决策能力，她撰写的理论文章和学习心得，多次被区委、市中院、市政法委等单位内刊采用，她还非常注重业务知识的学习，中午从不休息，每天必须收看中央广播电视总台的《今日说法》节目，在重大疑难复杂案件的研究讨论以及法院召开的审判委员会上，她对案件准确的分析定性，得到同志们的一致好评，她所撰写的审判方面调研性文章，被多家媒体采用。

其次是做遵纪守法、廉洁自律的表率。在执法方面，李凤艳始终带头执行省政法委"约法三章"和省高院的"六个严禁"，坚决抵制说情风，带头不办关系案、人情案、金钱案，从未出现过违法违纪、违反原则或以权谋私的行为。

三是做爱岗敬业、无私奉献的表率。李凤艳对待工作充满激情，有时生病，她经常晚上输液，白天坚持工作。因为白天单位事务繁杂，她基本上靠8小时以外看卷听案，一年之中，她经常累计加班达300小时以上，平均审查把关案件100余件。在她的带领下，路南法院上下风气正、学风浓、干劲足，人人想工作，奋勇争一流。

2009年7月，李凤艳摔伤后依然坚持工作，图为她坐轮椅接待当事人。

李凤艳作为单位的"一把手"，管理思路清晰，有较强的宏观驾驭能力。审判是法院工作的重中之重，为了提高审判工作的质量和效率，她倾注了大量的时间和精力，制定了许多行之有效的措施。

在民事审判方面，以构建和谐社会为目的，出台了《路南区人民法院关于民事调解实施意见》，她对民事调解工作提出了11条具体规范意见：

在审判委员会讨论案件上，她提出办案人员必须在召开审判委员会3日前将审理报告送审判委员会委员，以便研究案件时每位委员了解案情，准确分析案件；

在执行工作中，坚持"抓规范、增效率、抓信访、清积案"

的指导思想，确定了17个重点环节，有力地推动了执行工作的规范化建设；

在社会治安综合治理工作上，结合法院实际，围绕服务经济建设这一中心，制定了六项为企业发展提供服务的新举措；

在开展青少年维权工作方面，大胆创新，不断深入，对青少年犯罪实行人性化的"圆桌审判"方式审理，为从源头上预防青少年犯罪，与企业联合创建了青少年维权教育就业基地；

实行重大疑难复杂案件邀请人大代表和政协委员参加

李凤艳给路南区燕京小学学生讲法律常识

研讨或旁听审判的制度；此外，在申诉和信访工作中，推行申诉和信访听证会制度，等等。

最为令人称道的是，在管理队伍上她"恩威"并施，在强调从严治警的同时，提出了"从优待警"，并细化出各种具体的办法。

先说从严治警。强化廉洁文明执法教育，组织干警学习各项廉政建设有关规定，强化"司法为民"教育。司法为民是法院工作的出发点，在审判中，审判人员认真落实便民措施，认真听取当事人的意见，耐心解答当事人的疑惑。强化作风建设，班子成员和各部门负责人经常征求社会各界的意见和建议，认真改变工作，使法院各方面工作不断有新的进步。强化职业道德教育，通过多项教育活动，努力培养法院队伍高尚的职业道德，院长与分管副院长、各庭庭长签订党风廉政建设责任状，制定了贯彻"六个严禁""约法三章"的硬性规定。实行《工作失职失误责任追究的暂行规定》《院长奖励基金制度》等，对"六条禁令""约法三章"的落实情况进行检查并实行通报制度和严格的管理措施。

再说"从优待警"。李凤艳干工作不怕苦不怕累，节奏快，作风顽强，常被称为"拼命三郎"，《河北法制报》还曾以此为题目，报道了她的事迹，李凤艳自己追求这种精神，也希望并要求自己带领的团队具有"拼命三郎"的作风，但她深知，这种精神的成长也需要护养，需要领导的体恤和关心来促进，也就是俗话所说的"要让马儿跑得好，就对马儿爱护好"。李凤艳自从成为领导干部那天起，尤其是成为"一把手"之后，就把关心群众冷暖放在重要位置，这里又体现了她作为女性领导干部柔的一面。

在迁安市法院期间，李凤艳就主持制定过一些关心善待干警的措施；到路南区法院以后，她提出要把重视和提高干警的"幸福指数"，作为抓队伍建设的一个抓手，为此，以李凤艳为核心的院党组，制定了许多具体措施，有的形式新鲜别致，在法院系统很少见，归纳起来，计有：

第一，把从健康专家那里找来的"四大基石"箴言，制成小牌，摆在每个干警的办公桌上，提醒干警注意自身的健康，"四大基石"是平和的心态、合理的饮食、适量的运动、充足的睡眠。

第二，干警过生日，送蛋糕，送鲜花，开庭送到庭里，在家送到家里，在饭店送到饭店。

第三，干警孩子考上大专以上学校的，送鲜花，送笔记本，盖上法院的章，写上鼓励的话。

第四，每年给干警体检一次，曾经给一位职工查出了甲状腺癌，马上做了手术，消除了危险隐患。

第五，干警家出了大事，领导要到场；有了病，派员探望。

第六，开展征求法院干警建议活动，工作上生活上有什么意见，需要班子帮助的，每人写上几条，然后，加以梳理。院里建食堂，就是用的这个方法，使干警们能够随时吃上热乎饭菜。

第七，建立对困难干警的帮扶制度，过年了，对困难的干警，经党组讨论，给予200元、300元、500元的慰问金。

第八，开展健康的娱乐活动。在一些纪念性的节日里，经常组织干警打扑克，玩的最多的是打升级、"争上游"，这也是李凤艳最推崇的一种游戏，她认为"争上游"可以与工作上的"争先创优"结合起来，培养每个人的上进心和团队精神，还组织过两次棋牌大赛。

这些措施，受到干警欢迎，还得到上级的肯定。从优待警，促进了上下关系、相互关系的和谐，营造了良好的工作氛围。

第七章　　凤之鸣：女法官（下）

梧桐盛也，凤凰鸣也，臣竭其力，则地极其化；天下和洽，则凤凰乐德。

——《西汉·毛传》

　　2011 年 12 月，已经担任两届唐山市路南区人民法院院长的李凤艳，因工作需要，被调到唐山市中级人民法院工作，任法院党组成员，具体负责联系芦台、汉沽法庭的工作，协助主管院长管理行政庭、立案庭、诉讼服务中心、信访等部门；分管妇委会、健美协会。2015 年，唐山妇联和唐山市中级人民法院建立联席会制度，专门讨论研究妇女儿童权益问题，李凤艳代表市中院出任联席会领导小组的副组长。

　　李凤艳在市中院工作的 6 年中，摆正自己的位置，认真总结以往审判工作的经验，向院里提出了书面建议 20 多条，基本上都被采纳；带领本院女法官进入企业搞调研 12 次；组织

本院妇委会活动 21 次；协助"三八妇女节"、"六一儿童节"、"七一"党的生日组织活动 15 次。仅 2016 年 10 月，距离办理退休手续不到两个月的李凤艳，还坚持每天按时上班，协助接待当事人 50 多人次，完成院党组交办的临时任务十多次，协助市妇联及本院妇委会走访贫困妇女多次，李凤艳踏实做事的作风得到了大家的称赞。

一、迎难而上

离开了基层法院"一把手"的位置，在人们看来，似乎轻松了许多，可是，对于李凤艳而言，身份职位的转换，也是她新工作的开始，已经 50 多岁她，依然像年轻人一样，保持着旺盛的工作热情，每天上下班，早来晚走，经常深入庭室现场办公，指导工作，解决难题，关键时刻，依然迎难而上，魄力不减当年。在法院大门口有来访者滞留，是接待室最头疼的事情，因为有些当事人不听劝阻解释，有时还会出现激化的场面，每当此时，李凤艳就会来到接待室，像一个和气的姐妹，帮助接待室人员劝解当事人，以其耐心和亲和力，做来访者的工作，在她入情入理的耐心说服之下，多次来访者的激烈情绪得到缓解，为化解矛盾铺平了道路，被当事人誉为"既讲原则，又重感情的好法官"。

2014 年年初，立案庭接到一件涉及拆迁的上访案子，主管院长责成李凤艳负责处理。她首先向立案庭了解情况：有 5 名群众上访，状告某政府机关，要求补偿 8 年未给付的拆迁款。

这个案子涉及 33 户侨眷，300 多口人，她认真分析了案情，认识到上访者多年未得到拆迁款，肯定是有一定原因，所以协调上访者与相关部门，是重中之重，处理得好不好，涉及到政府部门的威信，关系到社会的稳定，还会影响统战工作。明确方向后，李凤艳带领 3 名干警，先后 11 次接待了上访群众代表，使得来访者的情绪得到缓解，然后又先后 8 次去相关部门协调。经过不懈努力，最终在几个部门大力协助下，依法向这 33 户给付了拆迁款。上访代表刘某激动地说：“我们多年没有解决的事情，在李法官认真负责地协调下，终于得到解决，我们十分感谢！”

二、问病扶贫

2014 年，李凤艳回老家迁西县探亲，从县妇联得知滦阳镇宋庄子村的贫困学生张玉洁需要救助，就立即组织朋友圈的朋友们捐款，并带领部分朋友，前往宋庄子村看望张玉洁。在村干部的带领下，李凤艳一行来到张玉洁家，村干部即将一个十多岁的男孩叫到大家的面前，这个男孩看上去腼腆，脸上带有一丝羞涩，当他接受李凤艳交给他捐款的瞬间，孩子眼睛里闪现出感激的泪花，连连鞠躬表示感谢，村干部也代表家长表示感谢。李凤艳有些疑惑：“张玉洁父母呢？”村干部向李凤艳一行介绍了张玉洁同学的家庭状况：父亲张小新，五年前得了一种怪病——“舞蹈症”，身体整日处于手舞足蹈状态，无法干活，无法正常休息，已经卧床不起，时年 36 岁；玉洁的

母亲在张小新患病后，无力支撑家庭生活而离家出走；玉洁的爷爷 70 多岁患了肺癌，也躺在炕上；只有古稀已过的奶奶，照料全家的日常生活。李凤艳立马进屋看望躺在炕上浑身颤动的张小新，并详细地了解病情。张小新说，得病后也治疗过，但是都没有治好。李凤艳安慰张小新，并表示回去后，帮他寻找治疗办法。张小新听后，带着几分疑惑、又带着几分希望，从窗户里面目送李凤艳等走出他家大门。

张小新的病以及家庭状况，牵动着李凤艳的心，她马不停蹄地开始走访各大医院，寻求治疗方案，但结果都是没有好的医疗办法。办事执着的李凤艳不灰心，继续寻找。功夫不负有心人，经过走访，她了解到一种 DDS 生物电理疗，舒筋活血，能缓解张小新的"舞蹈症"。于是，李凤艳专门从唐山请来 DDS 技师，多次去张小新家为他理疗。经过多次精心理疗，张小新的病症一天天减轻。李凤艳看到张小新的变化，心里踏实了许多，但是治疗这种病症，不是短时间的事情，为了方便快捷还能节省费用，她就与宋家庄村党支部、村委会商量，能否从本村选一位合适的人员，进行专门培训，既可以很方便地给张小新做推拿治疗，以后还可为其他村民服务。村两委班子听取了李凤艳的建议，还为培训出了部分费用。张小新在李凤艳的关怀之下，在村里经这位技师近一年的治疗，奇迹终于发生了！瘫痪在炕上近五年的张小新，不仅能站起来走路，还可以接送孩子，做简单的家务活。

张小新病情好转，给这个破碎的家庭带来了生机和希望，李凤艳自 2014 年开始，每年都对这个特殊家庭给予关心和帮助。

2015 年 6 月，迁西县滦阳镇宋庄子村党支部、村委会为了感谢李凤艳热心公益、扶危济贫的高尚情操，特向唐山市中级人民法院送锦旗一面，以表达对李凤艳的感激与赞扬。

帮助张玉洁这样的家庭，只是李凤艳所做公益的其中之一，自2015 年她担任了唐山市妇女儿童维权领导小组副组长以后，她更是怀着强烈的责任感和极大热情投入到这项工作中，在保护妇女儿童权益方面取得显著成绩，是年，全市法院共处理妇女儿童维权案件 619 件，中级人民法院化解特别疑难群众信访纠纷 68 起，基层法院化解 156 件，为妇女依法维权工作开创了全省、全国妇联工作的先例，得到了唐山市委的充分肯定，受到了省妇联、省高院的好评。2015

2015 年 3 月李凤艳获全国巾帼建功标兵荣誉称号

年，唐山市中级人民法院被评为全国妇女巾帼建功先进集体；李凤艳被中华全国妇女联合会授予"全国巾帼建功标兵荣誉号"。2016 年，李凤艳荣获"中国公益在线优秀公益记录者"称号。

三、业界佼佼者

正像许多成功人士一样，随着事业的辉煌和知名度的提高，

社会兼职也会越来越多，李凤艳也是如此。

第一项：全国基层法院女院长联谊会副会长。

经过多年的司法实践，李凤艳认为，基层法院处于人民法院工作的最前沿，承担着维护社会稳定、为基层建设发展保驾护航的重要职责，工作任务繁重，做好基层法院工作很难。特别是女同志，作为基层法院的"一把手"，在各个方面都面临着更大的挑战，如果成立一个基层法院女院长联谊会，对于开拓广大基层女法官视野，沟通思想，不断创新工作机制，丰富工作内容，进一步发挥女法官的作用，会大有帮助。她的观点与其他三位发起人（宋岩，时任青岛市崂山区法院党组书记、院长；时金峰，时任南京市栖霞区法院党组书记、院长；张欣，时任曲阜市法院党组书记、院长）的看法一致，并得到最高人民法院的支持，便一起发起申请成立全国

全国基层女院长联谊会发起人与中国女法官协会会长王秀红（中）合影留念，左二为李凤艳。

基层法院女院长联谊会。2007 年 10 月 12 日，时任河北省唐山市路南区法院院长李凤艳，出席了在山东省曲阜市召开的首届全国基层人民法院女院长联谊会成立大会暨首届年会。来自山东、辽宁、云南等 13 个省市的 25 个基层法院的女院长代表

参加了会议。在成立大会上，她作为协会的四位发起人之一，凭借杰出的办事能力，当选为联谊会的第一副会长。与会代表对当时基层法院建设和女法官队伍建设所面临的问题进行了认真分析，提出了许多富有建设性的意见和建议。

全国基层法院女院长联谊会成立以后，每年一次的年会已经召开了十一届，每届年会，李凤艳都根据会议的部署，积极准备材料，认真学习别人的先进经验，调入唐山市中级人民法院后，她被选举为联谊会的名誉副会长，继续参与联谊会的工作。2015 年 12 月 17 日，在黑龙江省肇东市召开的第六届全国基层法院女院长年会上，李凤艳向大会提交了关于《发展法院文化，促进队伍建设》的论文，得到与会者的好评。

第二项：唐山市女法官协会副会长。

李凤艳在路南区法院工作的 8 年中，作为一个基层法院院长的"一把手"，工作经常忙到不回家，住在办公室，但此时她还兼任唐山市女法官协会副会长，对于这份工作，她也是尽心尽责地做好，而且力求做到完美，几年中，她根据协会的统一安排，多次组织女法官们开展专项调研工作，使大家通过互相交流，对提升业务素质和工作水平获益多多。她说："头顶上所有的'官衔'，都代表着不同的责任，只有做好，不能做差"。

第三项：客座教授。

李凤艳在职期间，特别是在基层法院工作期间，被中国女法官协会、河北理工大学、河北政法职业学院等单位聘请为客座教授。

李凤艳的人生之路，可以说是很成功的，她的成功经验是什么？笔者曾问过她，她说自己还差得很远，还有很多遗憾，也没有全面总结过，不过她倒是说了一些自己的爱好，以及喜欢的格言，从中或许可以发现一些端倪——

"我从小对于吃的要求简单，爱吃素的，并不是从养生角度考虑，主要是小时候家里穷，很少能吃到荤菜，便养成了这个习惯。

"我从小就爱起早，没睡过懒觉，是因为小时候家里过日子艰难，很小就要帮家里干活计，经常跟着爸爸妈妈，顶着月亮星星去打草，背柴禾，养成了习惯。参加工作之后，因为忙，没有睡过懒觉，早睡早起，晚睡，还是早起。

"我从小喜欢穿黑白色的衣服。因为家里穷，买不起花衣服，但朴素的黑白颜色也有好处，到司法系统工作之后，时时警示自己：坚持原则，实事求是，对非对错，黑白分明。

"我爱好运动。刚参加工作时，我身高1米70的个头，体重曾经达到150多斤，但后来我的体重没有超过130斤，为啥？就是爱好运动，自从到路南法院工作一直到现在，我每天走 40 分钟到一个小时。

　　"我最喜欢的娱乐，是玩扑克'打升级'。因为无论在哪个岗位干，都要干好，干彻底，要干出点名堂来，而打升级符合'创先争优'的特点，从二开始打，一步一步升，一直升到'大王'，最后打胜了就是优秀者。它锻炼人的耐力、思维、水平、合作精神。作为一个领导干部，除了自身优秀，还要带领团队、培养团队上水平、打升级的互相配合，与团队的团结配合精神相似，这是'打升级'给我的启示，所以我最爱'打升级'。

　　"我爱看市、省和中央新闻，因为长时期在司法系统工作，养成了爱看破案片、谍战片的习惯，可以从那里受到很多启示，吸取很多智慧和方法。

放松时刻（摄于 2009 年夏，海滨）

　　"我喜欢记笔记。'好脑子不如烂笔头'，身上总带着一个笔记本，到外地学习、参观，把人家的成功经验记下来；向上级汇报，听下级汇报，都需要把内容记上，这是对工作的态度；对同事、朋友交办的事情也要记住，这关系到一个人的诚信呢。

　　"我喜欢的格言：先做人，后做事，再当'官'。

"一个人的进步，需要伯乐，得有人说你行，说你行的人得行；说你行，你得行。

"人生三大幸：从小有个好父母，成家以后有个好伴侣，参加工作后，有个好领导。"

四、"胜似亲妈"

李凤艳从小就喜欢孩子，工作后长期抓妇女儿童权益方面的工作，使她对救助妇女儿童方面的事，勇于担当，格外热心，韩立侠就是被救助的孩子之一。

开始接触韩立侠，是从 2000 年开始的。当时，最高人民法院法警丁晓明（和丁晓明认识是通过开会）和他爱人托李凤艳帮找一个需要救助的困难儿童，初中以下年龄。热爱公益的李凤艳，立即通过迁安市大崔庄镇党委书记何玉平，找到了韩立侠，她是个孤儿，3 岁没妈，13 岁没爹，在迁安市雷庄敬老院住着，正上小学六年级。何书记说，这个孩子是我们乡里管着呢，你们就管这个吧。从此之后，最高院的法警丁晓明，每年给韩立侠 500 元钱，他儿子穿剩下的衣服，经常捐一些给韩立侠，每次丁晓明来迁安，省高院还有一个法警也陪着来，不时也给买点书本和学习用具，迁安法院也定期扶助。尽管如此，立侠的生活开销随着年龄的增长也在加大，李凤艳看在眼里，就和丈夫王必顺帮助买些女孩的用品，包括卫生纸，卫生巾等等。丁晓明帮扶韩立侠坚持了五年，后因为他爱人得了病，就顾不上了，这样，李凤艳就接过了救助这个孩子的任务，韩立侠大部分上学的费用都是他们负担。

李凤艳调到唐山市路南法院工作以后，韩立侠也想到市里上学，李凤艳满足了她的要求，也给她找了学校，让她和自己的俩闺女一起到唐山上高中，每月和两个女儿一样，一人500块钱，怕她们营养不够，李凤艳每周还给她们做炖肉。高考时，韩立侠考上了一个大专学校，但她不想去，说是愿意工作，留在阿姨身边，李凤艳苦劝未果，就尊重孩子的选择，帮她找了一份工作，从此，韩立侠有了收入，基本上可以自给自足。两年后，韩立侠在李凤艳的呵护指导下，通过自己的努力，按照引进人才的条件，考入了迁安市交通局，还当上了办公室主任。

韩立侠后来搞了对象，结婚那天是在李凤艳家办的喜事，家里三个屋，她和李凤艳的两个女儿是一人一个屋，结婚的时候，还给她二万块钱买衣服，办婚礼的时候，路南法院来了不少同事，他们以为这个孩子是李凤艳院长的亲闺女呢，其实是被

母亲节韩立侠给李凤艳送花

救助的。当时，李凤艳对她，的确比自己俩闺女还好，俩闺女对此有意见，闹情绪，说"韩立侠是亲生的，我们不是亲生的"，为此，李凤艳经常教育两个女儿："你们有爹有妈，立侠很小

就没爹没妈，应该多关心她一些，你们不要妒忌，你们三个都是妈妈的好孩子"。韩立侠很懂事，知道感恩，总想管李凤艳叫妈，李凤艳笑着说："叫阿姨叫妈是一样的，不用改了，还是叫姨吧"。

韩立侠现在在迁安市交通局工作，文笔好，虚心好学，是个股级干部，她丈夫在本市企业上班。家里的两个女儿，大女儿上小学三年级了，二女儿现在是三周岁多一点，看到她家庭幸福，李凤艳心里特别踏实，过年过节的时候，不时到她家去看看。

因为救助韩立侠的事，李凤艳受到了各级领导的表扬，但她觉得不算什么，普普通通，认为是自己应该做的，也是喜欢做的。其实，从她参加工作开始，就热心救助贫困妇女儿童，在迁西妇联和司法局的时候，她就曾经救助过夹河公社一个叫苏红的男孩，她说："救助贫困妇女儿童，已经成为我的理想，只要我有能力、有精力，我会一直这样做下去！"

被救助的韩立侠，也是个知道感恩的女孩，后来她写了一篇散文，回忆当年情景，文笔优美，充满感情——

我的姨妈我的家

韩立侠

我有个姨妈——李凤艳大姨，一个非亲非故，却胜似亲妈的她，只因我遇到了她，才有今天的我，才有我现在的家……

每每想到这个问题，久久不能落笔，不是没什么可写，是觉得无论怎样的文字都无以表达这份亲情、这份执着、这份爱，真是无以言表！

2001 年，我 13 岁，初中一年级，原本和爸爸过着普通又幸福的生活。母亲，在我 3 岁时就患重病去世了，之后的十年里无忧无虑的我也和爸爸快乐的生活着，我也有快乐的童年，也有幸福的家，然而，在这一年，爸爸也走了，依然是重病，无医可治，我就这样成了孤儿。那时毕竟还小，还不懂得命运的不公，只是知道没有了亲人可以依靠。然而，现在懂得了，上天如果在一个地方让你有所缺陷，那么一定会在另一个地方补偿你。父亲去世不久，我便被村干部及镇政府安排到镇里的养老院生活、上学。虽然成了孤儿，却从未有感觉到孤独。我感谢这个社会，感恩这个时代，感谢一直以来默默照顾我的所有的爱心人士。话是俗点儿，但是事实。

后来才明白，当时迁安市人民法院一直注重开展献爱心助学活动，机缘巧合，经法院的叔叔阿姨与当地镇政府接洽，我便那么幸运的成为法院的资助对象，叔叔阿姨们给我捐钱，关爱我的生活、学习。自此，我便与我的凤艳大姨结下了不解之缘。老天之于我这样的幸运，怎一个"缘"字了得？！

每年的开学之初，大姨和法院的叔叔阿姨们都会给我送去学习用品，生活用品，给我买新的衣服。到了每年放假，尤其是过年放寒假，大姨都要把我接到城里小住，哪怕自己忙，也把我接到家里安顿好，姨夫和家里的姐姐冠博和妹妹冠瑛陪我，或者到别的叔叔阿姨家中，让我感受家庭的温暖，享受城里的优越生活。

就这样，我没有一天是可怜的，反而是幸运的、幸福的，过上了无忧无虑的生活。2003年参加中考，当时大姨已经在唐山路南法院上班，我亲爱的大姨，担心我不在她身边不放心我的生活，更是直接把我转到了唐山市第二中学读高中，和唐山路南法院的叔叔阿姨一起关爱着我，而自己的小女儿都是在迁安上的学。这样的付出，怎一个"情"字了得？！

高中的三年，我寄宿在学校，相对来说是比较累的三年，大姨的工作也正是如日中天的开展着，但大姨就是再忙再累，每周末回家周也要把我接回家，在生活上给予我更多于她自己女儿的关爱，给我零花钱，供我顺利读完高中。记得有一次生病了，大姨连夜让身边的哥哥给我买药送过来，那盒药没多少钱，学校附近我自己也能买，可那盒药，它满含着的是慈母般的焦急与温暖。拿到那盒药的时候，我的眼泪掉下来，那眼泪，有感动，有骄傲，在同学老师面前，我是和他们一样的有家、有妈的孩子。有这样的姨妈，我唯有好好学习，用自己努力学习的好成绩回报她。2006年高考，我考了476分，说实话不理想，但大姨一句苛责的话都没有，还怕我上火安慰我，我的理想是当一名老师，她便认真的给我选学校，当拿到河北科技师范学院通知书的时候，大姨还是蛮欣慰的。但是，那个时候我有了自己的小想法，我觉得，这么多年过来，大姨对我的付出实在是太多了，那一年，家里的姐姐妹妹和我，我们三个要一起上大学，大姨和姨夫的压力太大了，我就想先工作，凭自己的能力养活自己，不能再给大姨增加负担，就这样，大姨依然是宠着我，一切顺应我的想法。依然是不放心我一个人吃苦，正好当时的法院招临时工，我便留在了大姨身边，她亲手带着我，培养我待人接物，锻炼我参与社会。

两年多以来，无论在生活上还是在工作上，守在大姨身边，我依然享着因为有大姨才有的幸福。记得2008年，我慢性阑尾炎犯了，疼得直打滚，要好的小伙伴把我送到医院，医生说必须做手术切除不能再往后拖了，当时大姨正在外地出差，却让她坐立不安，立刻给身边的同事哥哥打电话，全权委托哥哥给代办做了手术事宜，昼夜的陪护着我，直到我痊愈出院。

这是对我生活的照顾，无微不至。还有她对工作的态度，也无不令我敬佩。那个时候，大姨自己在路南法院，家人都在迁安，为了工作，很少能回家来看看孩子，照顾家人。自己在办公室里放张床，简直是以单位为家，白天东奔西走劳累一天，到晚上批阅文件还得到凌晨两三点，日积月累积劳成疾，自己落得一身的"毛病"，实在难受的挺不过去了，就在办公室里躺会儿挂点盐水。记得有一次，大姨下乡去工地，脚崴骨折了，坐着轮椅依然坚持每天办公，那样的责任心，是我永远学习的榜样。大姨对于学习更是有着超越常人的执着，我实在是不能不受大姨的影响，也顺利的自学读完了专科以及大学本科学业。现在回想起来，自己真的很幸运，大姨带着我，用她的人品、对生活对工作认真负责的态度，深刻影响着我，这将是我受益终身的财富……

第八章　　凤之韵：大爱无疆（一）

得凤之象，一则过之，二则翔之，三则集之，四则春秋下
之，五则没身居之。

——《韩诗外传·集释》

李凤艳于 2016 年 12 月退休，此前，她的丈夫王必顺已经
于 2015 年 10 月退休。

退休了，就是经营小家，坐享清福吗？

李凤艳完全可以问心无愧地这样选择，几十年的职场拼搏，
她可谓一心扑在工作上，身体也落下不少疾患，如今事业有成，
放下担子，正可好好养息，与丈夫一起经营家庭，悠哉乐哉，
享受生活。

但是，李凤艳没有这样选择，她是一个有追求、闲不住的
人，决心和丈夫一起，把志愿服务为民的爱心事业，当作退休
后的人生目标，以期为社会多尽一点责任。

之所以这样选择，有两个原因：一是她和丈夫都出身于贫寒的山村，他们不向命运低头，顽强拼搏，在改革开放的时代改变了命运，退休后衣食无忧，在家乡算得上是有一定影响的成功人士。然而他们家乡的父老乡亲，有的还没有完全脱贫，这其中也包括他们或远或近的一些亲友，深深懂得感恩和"念旧"的他们，不愿看到有人在奔小康、实现中国梦的道路上掉队，他们觉得有责任扶助一把。

其次，李凤艳从小就热爱的"学雷锋，做好事"，这似乎已经融入了她的"基因"；特别是参加工作之后，在妇联和司法系统工作时，对妇女儿童等弱势群体权益的关心和救助，始终没有停止过。工作实践使她认识到，实现公平正义的社会进步，需要担当，担当需要奉献，奉献的源泉和动力是大爱。所以，爱心事业已经成为她难以离开的自觉行为，成为她心中难以放下的一项使命，这或许就是哲学家康德所揭示的"内心的律令"。这律令的力量极为强大：它如心头之旗，一摇，便令人看清了方向；它如耳畔之鼓，一响，便令人奋起，冲上征程；它如火种，一燃，便难以遏止，势成燎原。如今，正是因为爱的奉献使然，让她的退休没有了休止符。

几年后的实践证明，正是她当年的这一个决定，使得河北省迁西县和唐山市妇女儿童的志愿服务事业增添了一支重要力量，取得了令人瞩目的成绩，受到群众和政府的称赞和肯定，也铸就了李凤艳人生事业的第二次辉煌！

一、志愿服务：源自家国情怀

2016年11月26日，距李凤艳正式办理退休手续还有一个月。她便和丈夫王必顺一起，把有共同追求的亲朋好友联系到一起，在大家的提议之下，团队名字各取李凤艳和王必顺名字的一字"凤、顺"，在微信平台上，组建了"凤顺亲情缘"爱心团队，开始了爱心事业、志愿服务的新征程。

此时，手机微信群虽然已风靡各个角落，但李凤艳夫妇操作微信平台尚不娴熟，为了让大家统一思想，统一步调，统一行动，她俩虚心请教专业人士，克服困难，掌握了基本方法，利用微信群与团员们交流学习，进行互动，同时将团员们应该了解的国家大事迅速的通过微信传递给大家。在她的影响下，"凤顺亲情缘"团队从开始的十几人，发展到2017年底的60人。团队的全体成员，在李凤艳夫妇的组织、带领下，认真学习党的"十八大"精神，学习保护妇女儿童的相关法律法规，并将学习要点通过微信，发到群里，共同学习。在具体活动中，整个团队紧密围绕"做好事我健康，助他人我快乐"的初心，向需要帮助者奉献爱心，扶贫救困，服务社会。对有困难的妇女儿童个人或家庭，进行一些力所能及的救助活动，并得到了受助者以及所在村队、乡邻的广泛赞誉。

"凤顺亲情缘"爱心团队成绩的取得，鼓舞了团队的士气，增强了团队的凝聚力，受到社会和政府的赞扬，但在成绩面前，李凤艳没有陶醉，她清醒地认识到，自己团队取得的这点成果，与家乡的现实需要仍然存在较大差距；团队的活动，是多种社会正能量中的一种，但属于民间自发性质，规模小，继续发展受到局限，一贯勇于争先的李凤艳心有不甘："既然做，就要做好、做强，争取为社会、为家乡多做贡献！"

于是，在迁西县妇联的精心指导下，在迁西县民政局的监督下，从 2018 年 5 月起，开始筹备成立协会的工作，李凤艳等团队负责人在认真调研的基础上，广泛征取"凤顺亲情缘"团队成员的意见，召开了 11 次讨论会，论证成立的必要性和可行性，最后决定依法成立协会。然后，由李凤艳次女王冠瑛等 7 位发起人向迁西县审批局递交了关于成立迁西县妇女儿童服务协会的申请，于 2018 年 7 月 25 日被依法批准成立。

迁西县妇儿协会成立大会现场

2018 年 8 月 12 日，迁西县妇女儿童服务协会在迁西县电力局二层会议室召开了成立大会暨第一届第一次理事会，会员和来宾共计 80 多人。迁西县妇联、县文明办、民政局等单位领导出席并讲话，对协会提出了要求和希望；新任会长王冠瑛发言，对协会工作进行了部署。

迁西县妇联主席单利江在讲话中说，作为协会的业务主管单位，我们将认真履行主管单位的职责，坚定支持协会的工作；希望协会按照章程开展好各项活动，大力弘扬"奉献、友爱、互助、进步"的志愿精神，突出服务妇女儿童的特色，创新

服务方式方法，使会员将服务社会与实现个人价值结合起来，成为社会良好风尚的倡导者，社会主义精神文明的实践者和传播者。

迁西县民政局副局长张武在讲话中，要求协会坚持党的领导，依法办事，加强领导班子建设，不断完善规章制度，树立大局意识，集体意识，高站位，善谋划，团结协作，拓展社会服务空间，使协会不断发展壮大。

会长王冠瑛在成立大会上讲话

会长王冠瑛代表理事会做了工作报告，对协会的工作做了安排部署，她表示一定在上级部门的监督管理和指导下，认真履职尽责，积极开展工作，要求会员在"凤顺亲情缘"爱心团队的基础上，更上一层楼，以无私奉献、扶危助困为宗旨，以为妇女儿童搞好服务为目的，用"做好事我健康，助他人我快乐"激励自己，发挥社会团体的作用，为建设"实力迁西、秀美迁西、幸福迁西"做出应有的贡献！

理事会上，名誉会长李凤艳叮嘱各位理事："'凤顺亲情缘'爱心团队一路走来，在全体团员的共同努力下，秉承'做好事我健康，助他人我快乐'的初衷，帮扶贫困妇女儿童，为很多需要帮助的人献上了我们的爱心，给他们带去了温暖，得到了社会各界的认可。现在，我们迁西县妇女儿童服务协会依法成立了，我相信在上级的领导下，协会的工作会更加顺利，爱心事业会得到更大发展，我会尽我所能，和大家一起工作。希望协会班子成员团结一致，开拓创新，按照相关的法律规定开展活动，特别是协会的财务工作，一定要将每笔款项的出处入账记清，一步一个脚印、透明、精准地帮扶需要帮助的妇女儿童。"

2018年8月26日通过会员们的精心准备，迁西县妇女儿童服务协会公众号正式建立，公众号成为了会员们交流的平台和爱心传播的媒介。

协会的成立，人们看到了李凤艳夫妇退休后仍然不忘家乡，力求为家乡父老多办好事、实事的热情；他们的女儿王冠瑛出

大会收到的祝贺书法作品

任协会会长，说明他们夫妇的大爱言行，已经在潜移默化地影响着后代，并得到传承，这是他们家庭教育成功的体现。操办会务期间，王冠瑛和爱人孙浩洋，废寝忘食，以至于她们的女儿患病住院，也难以在医院守护，只能把担子交给婆婆和大姑姐孙楠，这种公而忘私的敬业精神，受到大家的称赞。

李凤艳和她的团队，奋力一搏，迈上了爱心事业的新台阶。

二、强壮团队：一泓温泉的形成

从"凤顺亲情缘"到妇儿协会，李凤艳指导下的爱心团队经过了三年的发展过程，因为事业成绩突出，有了一定的社会知名度，不管是协会的上级领导还是群众，都有一个鲜明的印象：协会活动多，拉出去像回事，满满的正能量，不少人竖起大拇指称赞道，"真不简单，想不到搞得这么好，这么'高大上'！"

这样的评价不是凭空而来的，是因为协会领导大力气抓团队建设，带出了一个有理想、有追求、爱心强、守纪律、作风好的团队，其中，李凤艳作为名誉会长，没有图清闲，而是倾尽全力在幕后支持新领导班子工作，她深思谋划，以身作则，许多事情都是不辞劳苦，亲力亲为，以过硬的政治素质和不凡的领导艺术，发挥着顶梁柱的作用。

李凤艳作为一个在司法界打拼多年的领导干部，深深懂得，事情要办得成功，首先必须内强素质，外立形象，先内后外，团队本身强了，对外行动才有感召力，才有效率。而团队强，又必须先抓思想认识，为此，她把爱心事业与国家的兴旺发达、脱贫奔小康、实现中国梦的大目标联系到一起，组织大家认真学习党的"十八大"以来的指示精神，开阔胸襟，提高站位，增强大家的使命感、荣誉感。其次是扩大爱心。李凤艳认识到，爱心深深潜藏在人性之中，普遍存在，它犹如地下细细的有温度的"泉眼"，遇有适宜的条件就能够显露出来，但要使这些涓涓细流汇成洪流，大面积喷发，则需要主动发掘，需要精心养护，无发掘难以壮大，无养护则难以持久。发掘就是把一些有爱心的人士，及时热心地延揽到爱心团队，成为团员；养护则是使每个成员首先感受到团队的温暖，一个向社会奉献爱的集体，理应在团体内部先要充满爱心。为此，李凤艳在团队成立之初，就在微信群里大力组织开展传递正能量、互学互帮、加强友谊的活动，仅 2017 年一年的时间，团队群内共组织开展专题讨论学习 6 次，全体团员共在群内发布正能量消息 656 条，其中养生知识 150 条，保健知识 80 条，法律知识 140 条，交通信息 40 条，生活小妙招 40 条，文学知识 20 条，政策信息 50 条，科普知识 76 条，国内外各大事件 60 条。在群内组织关于"十九大"知识的有奖问答活动，团员踊跃参与，场面十分热烈，团员们既学到了不少政治、法律知识，也学到了很多科学养生知识和生活技能。当某个团员不管是工作中或者生活中出现一些问题时，每当在群里提出来，各位团员都会踊跃的帮助他，给予指点，对个人的工作生活很有帮助，使团员感到了大家庭的无比温暖。一年来，团队内开展工作互助 6 次，生活困难帮助 36 次，法律咨询帮助 48 次，大事救助 2 次，团员合计捐款 26860 元。

"知之者不如好之者，好之者不如乐之者。"团队不仅需要温暖，还需要快乐。为此，李凤艳经常指导协会组织一些带有娱乐性质的游览活动，以开阔视野，愉悦身心，增加团队的凝聚力。如 2018 年的 5 月至 9 月，就先后组织了梨花观赏、景忠山登临、迁安卧龙山庄山枣采摘、迁西东莲花院

乡采摘山梨活动，通过观赏、登临、采摘，锻炼了身体，品尝了绿色水果，大家放飞了心情，愉悦了身心，促进了彼此之间的交流和沟通，提高了会员对团队活动的积极性。同时，协会还支持并鼓励各小组也组织一些小范围的娱乐活动，这些活动既活跃了气氛，也锻炼了个人承办活动的能力，使团队发展呈现出一片欣欣向荣的景象，更加坚定了会员们把"做好事我健康，助他人我快乐"的精神发扬光大的信心，会员们争相为协会提建议、想办法，贡献财力，为协会工作的开展奠定了良好的基础。会长王冠瑛与爱人共同出钱为协会购置办公桌椅 10 套，电脑一台；副会长周海东、外联部长李小利把自己花钱租的房屋无偿作为协会办公的场所；会员韩子龙一次为协会捐款 1000 元，帮助协会解决经费难题；会员李英、高伟、陈旭，多次为协会免费提供用车，随叫随到……名誉会长李凤艳、顾问王必顺夫妻二人怀着"莫道桑榆晚，为霞尚满天"的无悔追求，怀着"回报家乡，奉献家乡"的一片深情，把关注的目光投向了妇女儿童等弱势群体，甘做燃烧自己、温暖照亮他人的蜡烛，竭尽全力为协会提供指导服务，已累计为协会捐助款物达 6 万余元，无怨无悔，为社会奉献光和热。

协会注重加强内部机构建设和组织建设，一是根据工作需要设立了秘书、组织、宣传、外联、督察、咨询、财务 7 个部门，9 名班子成员进行了明确分工，根据每位会员的专长安排在了不同的部门；二是明确了协会区域分工，划分了迁西组、迁安组、唐山组 3 个服务活动小组，每个小组既可以开展单独的服务活动，又可以一起合作开展服务活动，并在年底进行评先表彰；三是强化了档案管理意识，并根据实际情况和每次活动的类型进行整理，分类归档，使得档案工作规范化；四是按照协会章程规定，在认真考核的基础上，大力发展会员，协会会员从成立时的66人发展到了126人；五是认真制定会员各项福利制度和考评方法。协会通过认真讨论，制定落实了为会员在迁西区域内购买优惠景区门票、为会员快速检验车辆、为会员免费提供法律咨询和法律帮助、会员子女考取大学本科和重点大学协会给予重点鼓励的四件实事。并根据实际情况制定了评选优秀会员和协会优秀工作者的8个条件，充分的调动了会员们的积极性。

协会内部资料

协会的会旗、会徽

除了思想、组织上的"内部"建设，协会对外开展活动还需要有章法，在这方面，李凤艳和协会领导班子，也下了大功夫，归纳起来，迁西妇儿协会有五个鲜明特点：

一是"有模有样"。在注重内容充实的同时，力求形式的恰当和完美，达到内容和形式的协调统一，这就是平常人们所

说的"有模有样"。比如，协会设立了自己的会徽、会旗、会刊、会服等。

这些标志，是经过专业人设计的，鲜明、醒目，具有很强的凝聚力、感染力和号召力。比如会刊《妇儿生活》，四个版块分别是协会动态、妇儿健康、法律常识、会员风采，虽是内部资料，但作为信息交流的平台，很受大家欢迎。

二是"有点有面"。协会建立了示范点，以"典型引路，带动一般"，避免"眉毛胡子一把抓"，这是行之有效的重要工作方法。

三是"有板有眼"。指协会的活动安排掌握节奏，有条不紊，有张有弛，动静结合，远近结合，固定与不固定相结合等等。具体来说，有张有弛是指活动既不能断档，也避免过密，断档则懈怠，过密则疲惫，有张有弛才能持久；动静结合是说，除了搞活动进行"务实"，还要学习，静下心来"务虚"，为此，协会建立了"学习基地"；远近结合是指工作目标，既关注眼前，又不忘长远，比如协会为了后继有人，发展接收一些"小志愿者"；固定与不固定相结合，是指协会的活动除了自己安排的之外，还借雷锋纪念日、三八妇女节、六一儿童节的"东风"，开展相关活动。

四是"有声有色"。这是指开展活动，考虑效果，力求精彩生动，适时适当增加文化娱乐元素，活跃气氛，避免枯燥沉闷。比如，在一些重要的总结、表彰会上，都会安排一些自编自演自导的文艺节目。

五是"有始有终"。办事有头有尾，几年来，协会的每项

会员们表演集体诗朗诵和独唱节目

活动都做到了开始有部署，中间有检查，最后有总结，相关文字材料，入档保存。

经过强内正外，内外兼修，不断完善，迁西县妇女儿童协会成为一支令人瞩目的服务社会的爱心力量。她也融入了李凤艳一家人的心血和汗水。原唐山市政法委常务副书记陈鸿国，在 2018 年 12 月 22 日，看了妇儿协会的年终总结会后说，协会的事迹让人感动，班子带头让人佩服，协会的业绩让人振奋！协会为受助妇女儿童带来的不仅仅是经济上的帮助，更重要的是巨大的精神鼓舞！原空军军医大学北京医学中心骨科主任李海，赞扬协会名誉会长李凤艳身体力行，无私奉献，为协会会员树立了榜样。

第九章　　凤之韵：大爱无疆（二）

恩及羽虫，则凤凰翔。

——《春秋繁露》

德至鸟兽，则凤凰翔。

——《白虎通德论·封禅篇》

一、奉献社会：奔涌不息的暖流

从 2016 年开始，三年多以来，李凤艳带领下的"凤顺亲情缘"爱心团队，以及后来成立的迁西县妇女儿童服务协会全体会员，"情系妇女儿童，助力乡村振兴"，不辞劳苦，走乡入户，为广大妇女儿童提供心理咨询、法律援助、协助就业、扶贫助困等服务，成为一股奔涌不息、服务社会的暖流。

其中，"凤顺亲情缘"活动阶段，先后组织"爱心助学"等帮扶活动 23 次，团队成员累计捐款 33500 元，衣服 42 件，大米 15 袋，面粉 6 袋，食用油 8 桶。

协会成立以后，规模扩大，力量增强，会员由原来的 66 人，增加到 126 人，共组织开展送温暖活动 24 次，捐校服 200 套，书籍千余册，及其他生活必需品，累计捐款捐物折合人民币 26 万余元，惠及贫困妇女儿童万余人。同时，会员植树造林共 180 亩，植树 15800 株，会员向迁西县委县政府捐植树款 10150 元。

她们的足迹，清晰地印在迁西的大地上……

（1）2017 年 1 月 7 日早晨，"凤顺亲情缘"的团员们来到迁西县夹河村，看望贫困妇女冯秀艳，给她带去 1000 元捐款，衣服 25 件，大米 1 袋，白面 1 袋，食用油 2 桶。

（2）2017 年 1 月 7 日上午，为迁西贫困户捐大米 9 袋。下午，看望了丰润的贫困户 2 名，并带去了慰问品。

（3）2017 年 1 月 7 日下午，团队代表去滦阳镇宋庄子村看望贫困学生张玉洁，并带去捐助款 1000 元，衣服 5 件，大米 1 袋，白面 1 袋，食用油 2 桶等生活用品。

（4）2017 年 1 月 25 日，在市妇联的支持下，团队代表去迁西县新杨峪村看望贫困妇女 2 名、贫困学生 2 名，并带去了捐助款 2000 元，饮品 6 件。

（5）2017 年 2 月 18 日，团队代表 6 人到北海村为村民义诊，团员赵振飞全天免费义诊 21 人次，并为患病的村民免费发放了药品，受到了村领导和村民的表扬。

（6）2017 年 4 月 2 日，去迁西北海村看望贫困学生冯新苗，带去团员们捐助的现金 2000 元，同时看望贫困妇女一名，

捐助现金 500 元，衣服 12 件。

（7）2017 年 4 月 8 日，团队组织团员到北海村参观村容、村貌，为北海村提建设美丽乡村建议 6 条。

（8）2017 年 5 月 28 日，团队代表去迁西县东莲花院乡看望贫困学生 2 名，带去捐助款 4000 元，大米 4 袋，白面 4 袋，食用油 4 桶，受到了村、乡的表扬。

（9）2017 年 6 月 18 日，团队代表到迁西新杨峪村看望贫困党员 5 名，带去捐助款 2500 元，并认真地倾听了老党员的讲课。

（10）2017 年 6 月 19 日，团队全体成员到唐山市救助站看望老人和儿童，捐助水果 4 件，受到救助站和受救助人的表扬。

（11）2017 年 8 月 5 日，团队代表去迁西救驾岭看望贫困学生李皓华，带去捐助现金 2000 元，牛奶 1 箱，水果 1 箱，黑芝麻营养粥 1 件，并鼓励他好好学习。

（12）2017 年 8 月 20 日，在得知以优异成绩考入石家庄外国语学院的贫困学生朱洪国因家庭贫困无力上学时，团队代表多次到唐山市妇联、迁西妇联、迁西民政局、迁西团委反映情况，提交救助申请，通过会员们的努力，使其得到了"成印"基金会的帮助，累计为其捐款 14000 元，使低保户学生朱洪国愉快地走进了大学的校门，此举得到各级政府的表扬。

（13）2017 年 11 月，团队顾问王必顺不辞辛苦，做了迁西县 13 名贫困学生的家庭调查，并报送唐山"公益联盟"，请求给予救助。

（14）2018 年 2 月 4 日，团队代表看望贫困学生宋金珊，为她带去了团员的爱心捐款 500 元，大米 1 袋，白面 1 袋，食用油 1 桶，紧接着，团员们没顾得吃中午饭，又驱车赶到了贫困学生刘杰的家里，为她带去了团员们捐助的爱心款 500 元，大米 1 袋，白面 1 袋，食用油 1 桶。

（15）2018 年 2 月 10 日上午，团队代表看望迁安市贫困小学生赵子钦、田佳鹭，为他们每人各自带去捐助款 1000 元、大米 1 袋，鼓励他们好好学习。

（16）2018 年 2 月 10 日下午，团队代表看望迁西县忍字口村王羽升、周博爱、王名洋、孙一涵四位小朋友，带去了团队从唐山市妇联为他们申请下来的爱心捐款每人 300 元，鼓励他们好好学习，受到村两委的赞扬。

（17）2018 年 2 月 11 日上午，团队代表回访团队一直帮助的东莲花院村贫困学生董思琪、董文畅，给每人带去捐助款 800 元，大米 1 袋，白面 1 袋，食用油 1 桶和一些学习用具。此举受到东莲花院乡党委、政府的高度赞扬。团员葛彦霖的亲友也加入到了帮扶活动中来，他们表示一定要向团队学习，为爱心事业尽自己的一份力量。

（18）2018 年 2 月 14 日，新春来临之际，团队代表来到了迁西县滦阳镇宋庄子村贫困学生张玉洁的家里，为他及家人带去捐助款 500 元，牛奶 1 箱，麻糖 1 盒，衣服 3 套，围脖 1 条，红酒 1 箱。

（19）2018 年 3 月 24 日，为迎接"三八"妇女节的到来，团队成员一行 30 余人来到了迁西县粳子峪村，看望贫困妇女

韩玉香、王素琴，为她们每人带去了团员的捐助款 1000 元，大米 1 袋，白面 1 袋，食用油 1 桶；随后又看望了郭意涵、王子歌两位贫困学生，为她们每人带去了团员的捐助款 1000 元，大米 1 袋，白面 1 袋，书包 1 个，食品大礼包 1 个。之后，团员们顾不上吃午饭，在村委会院内开展了送法律、养殖书籍、义务法律咨询、义诊活动。共发放法律养殖技术书籍 100 余本，团员赵玉广、赵延华、李美秋、赵泉镔为村民免费开展法律咨询服务 30 余人次，团员赵振扉为村民义诊 20 余人次。

（20）2018 年 5 月 19 日，团队回访贫困学生宋金珊和张玉洁，为她们每人带去了团员们捐助的裙子 2 条、牛奶 1 箱、食品礼包 1 袋，并详细听取了他们近期的学习情况，鼓励他们好好学习。

（21）2018 年 6 月 6 日，团队代表看望迁西县新集镇碾各庄村贫困妇女赵艳玲和东莲花院乡西莲花院村贫困妇女刘树艳，为她们每人带去了会员的捐助款 500 元，大米 1 袋，白面 1 袋。

（22）2018 年 6 月 24 日，团队成员一行 20 余人，来到了迁西县汉儿庄乡上洪寨村村民韦素芝、张力芹、郑玉英、王万立、王玉香五位贫困老党员家中，为他们带去了团员的捐助款每人 500 元和健康养生书籍，大家还为五位老党员收拾了院子和屋子，并一起聆听老党员们讲过去的故事，深受教育。

（23）2018 年 7 月 21 日，团队代表对年初资助的赵子钦、田佳鹭进行了爱心回访，带领两个孩子到迁安塔寺峪景区游览，给他们每人捐助学款各 1000 元，白面 1 袋。

（24）2018 年 8 月 15 日，迁西妇儿协会成立的第三天，就投身于迁西妇联开展的"情系贫困学子，金秋圆梦助学"活动中，会员们积极响应活动号召，开展捐款活动，共帮扶了 4 名儿童，捐款 4000 元，受到了学生家长的好评，迁西县县委副书记甄贵福给予协会高度肯定，并被迁西县妇联授予了"支持妇女儿童事业特别贡献奖"荣誉称号。

（25）2018 年 9 月 28 日，在妇儿协会举办的示范点挂牌

会长王冠瑛（前中）接受田祥宽（前左一）王珺怡（前左三）夫妇捐款。

仪式上，协会会员田详宽、王珺怡夫妇将少办嫁妆、简办婚礼省下的 20000 元钱捐给协会，他们说："虽然婚礼非常重要，需要隆重，但有很多妇女儿童需要帮助，所以我们牢记母亲的嘱托，简办婚礼，并在协会的带领下，无私奉献，比翼齐飞，服务永远"。两人工资虽然不高，却对公益事业情有独钟，他们的善举，感动了现场的人们。

（26）2018 年 9 月 28 日，协会在迁西县东莲花院乡开展了"情系妇女儿童，助力乡村振兴"暨迁西县妇女儿童服务协会东莲花院示范点挂牌仪式。仪式结束后，会员代表走访了贫困妇女 4 名，贫困儿童 3 名，同时为每家送去了会员们捐助的

米、面、油、书籍、衣服等生活用品和爱心款 1000 元，并与他们心贴心交流，详细了解了他们在生活中面临的实际困难和问题，鼓励他们坚定信心，用乐观的态度积极面对生活。据统计，本次活动共发放书籍 35 本，衣服 32 件，帮扶捐助款物折合资金 9629 元 (详见后面 "送温暖" 之一至五)。同时协会请来唐山弘慈医院董来成副院长等一行 10 名专家，为东莲花院乡百姓进行面对面义诊，开展 B 超、心电图、血压、血型等免费便民检查，发放健康知识宣教材料 200 余份,提供多发病、

唐山弘慈医院医生为群众义诊

常见病、医疗等义诊咨询 187 人次，受到了东莲花院乡干部群众的高度赞扬。

（27）2018 年 9 月 28 日东莲花院乡送温暖之一：董庄子村。董香红，15 岁，现就读于东莲花院乡初级中学九（二）班，家中六口人，父亲从小大脑炎落下后遗症癫痫，无法干重体力劳动，母亲有智力障碍，不会干家务活，爷爷患有脑血栓，长期靠药物治疗，奶奶体弱，家中 10 岁小弟，有智力障碍，家中没有什么经济来源，只能靠低保来维持生活。董香红没有被生活的担子压倒，学习成绩优秀，尊敬师长，团结同学，曾多

次被评为县、市级三好学生。

（28）2018年9月28日东莲花院乡送温暖之二：董庄子村。杨海凤，女，48岁，全家五口人，婆婆张秀芝，80多岁，需要照顾；丈夫董连秘，48岁，患有严重胃溃疡，无法从事重体力劳动，儿子董佳宏29岁，在小学四年级时被发现患有重症肌无力，至今瘫在床上，需要照料。女儿董家慧，在石家庄读大学，而杨海凤本人已经患有甲亢十多年。家里经济来源仅靠地、树的收入，平时地、树由丈夫董连秘经营，杨海凤独自一人照顾全家生活，积极乐观，婆媳关系融洽，将家中打理的

协会代表把捐助款交给张艳爽

干净整洁。

（29）2018年9月28日东莲花院乡送温暖之三：东莲花院村。张艳爽是个特别自强，乖巧的小女孩。父亲去世4年多了，母亲智障，无劳动能力。有一个哥哥在外边靠打工维持生活，即使在外边上班，心里也总是想着在家的母亲和妹妹。小艳爽是一个活泼可爱的小女孩，自己特别有上进心，金道跆拳道馆的馆长看她是一个懂事的苦孩子，免费让她学习跳舞唱歌。今年张艳爽刚刚升入初中7年级，学习特别用心，班主任徐翠凤，校长武占军都对艳爽关心爱护有加，孩子放学写完作业还得给妈妈洗衣服做饭，收拾屋，虽然孩子年龄小，但是她用她柔弱的身体，撑起了一个家。

（30）2018年9月28日东莲花院乡送温暖之四：东路庄子村。林海娟，女，32岁。全家六口人。丈夫吴庆柱，32岁，在外打工，长女5岁，在小学上学前班，次女两岁半，婆婆肢体四级残疾，行动十分不便，大伯哥二级智力残疾，

协会代表把捐助款交给林海娟（中）

生活不能自理。自从林海娟结婚之后，承担起这个家的重担，照顾婆婆大伯哥和孩子，洗衣做饭，任劳任怨，家里家外什么事都需要她管，十分辛苦。过日子精打细算，有什么好吃的都让婆婆、哥哥、孩子们吃，再苦再累从不抱怨，街坊邻居都夸她是个好媳妇。

（31）2018年9月28日东莲花院乡送温暖之五：马家沟村。张满英，女，42岁，全家五口人，大儿子和两个双胞胎小儿子。2009年春，丈夫马殿忠骑摩托车出车祸，造成脑出血，脑骨缺失，听力和视力都受影响，不能干活，还

李凤艳把捐款交给马殿忠

欠下6万多元外债，三个孩子还需要照顾，村民捐了款。去年，

大儿子马立新考上了大学，学费是用贷款交的。小儿子马佳新、马会新在东莲花院小学上五年级，学习优秀，张满英照顾全家人的生活，积极乐观。

（32）2018年10月，国庆节期间，协会组织20余名会员到汉儿庄乡上洪寨村，慰问韦素之、张力芹、郑玉英、王万立、王玉香五位贫困老党员，每人送上500元慰问金和健康养生书籍，并为老人们打扫院子。会员们离开时，老人们恋恋不舍送出很远。

同月，协会迁安组的会员霍爱民，先后两次走进迁西兴城镇北海村，为贫困妇女、儿童、学生捐款4000元，组织为北海村民义诊治病，被群众誉为"最美爱心大使"。

（33）2018年11月6日，全国妇女第十二届全国代表大会闭幕之际，协会和东莲花院服务示范乡组织法律咨询和法制宣传活动，解答妇女、群众咨询186人次，发放法律宣传资料219份，受教育人数达500多人。

王蕊、李洋（台前站立者左一、左二）的捐赠现场。

（34）2018年11月13日，协会代表来到迁西县沙涧小学，优秀协会会员王蕊、李洋夫妇把价值1.6万元的200套学生校

服、学习书籍60册，捐赠给了罗家屯镇沙涧小学，并与沙涧小学结成"帮扶对子"，持续开展"蕊洋助学行动"。校长付会忠代表全校师生说，"感谢协会会员们真诚的捐助，无价的爱，向你们学习，提高教育教学质量，让孩子们书写更加灿烂的人生！"孩子们说，"要以优异成绩报答叔叔阿姨们的关爱"；乡、村干部们说，有你们协会的帮助，沙涧小学的明天会更好，感谢你们！

（35）2018年11月27日，协会名誉会长李凤艳、顾问王必顺、副会长赵振扉、理事郭继红、会员赵继辉等，特邀迁西县乾伦律师事务所主任律师刘新明、律师鲁继豪，共同为花院乡的父老乡亲做免费法律咨询和法律宣传服务，重点宣传宪法、刑法、民法、婚姻法、

协会会员正在发放宣传品，右一为理事郭继红。

继承法、土地管理法、环境保护法等与农民生产生活和实施乡村振兴战略密切相关的法律法规。活动共计发放"以案说法"宣传资料1266份、反家庭暴力法律条文手册65份、妇儿生活报120份，现场法律咨询人次达31人。

（36）2018年12月，协会会员走访迁西县三屯营镇张家庄村和兴城镇新杨峪村，慰问贫困妇女赵玉娥、杨素珍、郭小凤、张瑞芝、赵志英、郑红艳等6人，送去慰问金共计7000多元；为兴城镇夹河村脊髓炎卧床的宋开香贫困妇女送现款2000元

及米面、油等慰问品。

（37）2018年12月8日，迁西县妇女儿童服务协会在迁西县丰泽社区居委会会议室向赵振扉、张云花举行了"妇女儿童服务示范户"授牌仪式，以表彰协会副会长赵振扉、张云花夫妇热心服务贫困妇女，不收诊疗费用、免费为他人诊疗的善举。

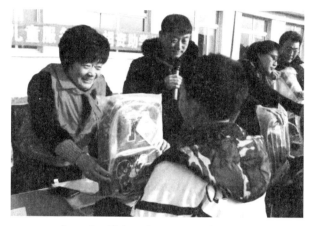

李凤艳等把赠品交给学生。

（38）2018年12月11日上午，寒风刺骨，迁西县妇女儿童服务协会名誉会长李凤艳、会长王冠英、顾问王必顺、副会长王鹤俸、赵振扉、周海东、秘书长刘艳春，指导老师孙秀华等，来到迁西县尹庄乡忍子口小学，举办了"关注老区教育，共铸学子梦"捐资助学活动，为该校10名品学兼优的贫困学生，每人送上了500元助学金、一个书包、一套故事书。忍字口村是李凤艳、王必顺的老家，忍字口小学是他们的母校。

捐资助学仪式开始，全校236名师生在国歌声中仰望五星红旗冉冉升起，十几名小学生代表为来宾系上鲜艳的红领巾，表达孩子们的尊敬与感激。忍字口小学校长尹玉明致欢迎词，感谢协会和协会爱心人士田祥宽、王珺怡会员的无私捐赠，他

说，妇儿协会的善举必将温暖每一个受助学生的心灵，鼓舞忍字口的孩子们获得更多的知识与力量，努力学习，报效国家。

王冠英代表协会、也代表她的父母王必顺、李凤艳，发表了充满深情的讲话，她说："父母的成长归功于忍字口的父老乡亲，父母的家乡连着女儿的心，我在爱的海洋中长大，我和父母深深知道养育之恩永世难报，教诲之恩无法报答！滔滔滦河水，巍巍燕山情，要牢记故乡情，不忘父老恩。我要向故乡的长辈学习，带领我的团队为家乡父老乡亲做点儿力所能及的事情。"

最后，尹庄乡主抓教育工作的武装部长彭彦超代表乡党委、政府向妇女儿童服务协会和捐资助学的田祥宽、王珺怡表示衷心的感谢，号召尹庄乡全体老师和同学，以妇儿协会的爱心为契机，积极投入到教学和学习中，力争成为 21 世纪的优秀人才。

（39）2019 年 1 月，协会与唐山文都教育共同携手，为唐山会员之家、学习基地挂牌，并召开了"我为妇儿献良策，我为协会尽职责"的研讨会议，共提出宝贵建议 36 条。1 月 27 日，和文都教育一块召开年会，特约嘉宾魏顺全、王玉玲，以及名誉会长李凤艳、指导老师孙秀华，为加入协会的 12 名

嘉宾向小志愿者们颁发证书、胸牌、礼物现场。

小志愿者（最小的 6 岁，最大的 14 岁）颁发证书、胸牌，并赠送孩子们毛毛猪玩偶，使爱的力量薪火相传。

（40）2019 年 2 月，协会会员、迁西县国家一级画师关真全和书画家那素英夫妇，向协会赠书画，并将部分变卖书画所得捐给了协会。

（41）2019 年 3 月 20 日下午，协会收到县委、县政府《致全县广大干部群众义务植树倡议书》后，协会向全体会员发出了"为植树造林捐款，助力生态迁西建设"的号召，协会会员踊跃捐款达 1 万多元，协会名誉会长李凤艳捐款 2000 元，副会长王鹤俸 1000 元，顾问王必顺捐款 500 元。

（42）2019 年 3 月植树节，协会与县妇联一起参与"让迁西的天更蓝、水更清、地更绿"的植树造林活动，在鑫山生态园建起了"巾帼林"和"妇儿林"，迁西县委宣传部长侯建华带领县直有关部门人员到鑫山公司调研，并考察

李凤艳介绍巾帼林、妇儿林情况。

了"巾帼林""妇儿林"。

（43）2019 年 3 月，协会组织会员两次深入新集镇孙家峪、南刘古庄、东岗、西岗、洪丰寺、碾各庄等 10 个村，走访慰问 10 户贫困妇女家庭，给每户带去 500 元的爱心捐款。

（44）2019年5月16日，妇儿协会出资6000元与罗家屯教育办联合举办庆"六一"表彰活动，奖励表彰了优秀学生、教师，为迁西"打造教育高地建设"贡献了力量。罗家屯镇教育办公室总校长的田秀民为李凤艳颁发校外辅导老师证书。

时任罗家屯教办总校长的田秀民向李凤艳颁发聘书

（45）2019年5月26日，协会在新址举行"我为妇儿建言献策"座谈会，邀请一些迁西县直有关部门、乡镇党委书记、乡镇长、乡镇妇联主席、企业代表、律师、幼教系统代表出席，大家围绕协会特点共提出肯定性意见11条，工作意见17条，为协会改进工作指明了方向。

（46）2019年8月11日，在迁西县妇女儿童服务协会成立一周年之际，协会在迁西县电力局二楼会议室隆重召开了周年庆暨表彰大会，迁西县县委宣传部副部长、文明办主任张振华、县妇联主席单利江、县志愿者协会秘书长尹玉树，妇儿协会名誉会长李凤艳、顾问王必顺、杨志田以及会员百余人出席。会上，会长王冠英总结了 2018 年协会成立一年来的工作；张振华、单利江分别讲话，在肯定协会工作的同时，提出了希望。大会表彰了赵延华等 7 名模范会员，孙楠等 7 名优秀工作者，高

特殊贡献奖获得者，前排左起：关真全、田祥宽、霍爱民

伟、田秀民等 14 名优秀会员，王鹏等 5 名优秀志愿者及贠靖宜等 4 名优秀小志愿者，授予田祥宽、李洋、关真全、霍爱民等同志特殊贡献奖。

李凤艳把捐款交给董思琪

（47）2019 年 8 月，东莲花院乡董庄子村家境比较困难的学生董思琪考上大学，协会为其送去捐助款 5000 元和学习用具，此前还曾捐助她 1500 元。协会还买了花篮送给董思琪妈妈吴秀军，以祝贺她在家庭生活困难的情况下，培养了一名大学生。

（48）2019 年 11 月 23 日晚，协会得知理事冯建营的妻子刘瑞兰得了重病，做了大手术，在天津某医院治疗，已花费几十万元医疗费的消息，理事会当即作出决定，由秘书处牵头，

王冠瑛和女儿孙嘉声一起，将捐款 8660 元交给刘瑞兰。

向协会群发布通知，请会员伸出爱心之手，自愿为刘瑞兰捐款，截至 29 日，会员们共捐款 8660 元。

11 月 30 日上午，雪后初霁，协会名誉会长李凤艳、顾问王必顺、会长王冠瑛、副会长王鹤俸、周海东、理事田秀民等，带着水果、营养品，冒着严寒亲自上门慰问刘瑞兰，并将捐款全部交到了患者手中，患者及家属激动得热泪盈眶。

（49）2019 年初，李凤艳组织联系的 12 名原夹河公社的老志愿者，为迁西县妇女儿童和经济发展提出 22 条建议，受到县委书记李建忠的重视，并做了批示："原夹河公社的老同志讲政治，有情怀，建言献策有水平，值得全县干部学习，请县委办公室把这些意见分门别类交给县直单位学习借鉴，以改进提升工作水平。"

（50）2019 年 3 月 8 日县妇联召开表彰大会，协会被评为"三八"红旗集体，

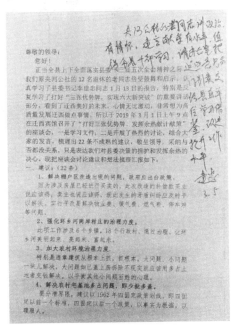

会长王冠瑛被评为唐山市级"三八"红旗手。

（51）2019 年 4 月，迁西县妇女儿童服务协会的"健康母亲快乐儿童帮扶志愿服务"项目，被中共唐山市委宣传部、组织部、唐山市精神文明建设办公室、唐山

市教育局、民政局、唐山市妇联、唐山市志愿者协会等十五部门授予"唐山市志愿服务创新项目"荣誉称号。

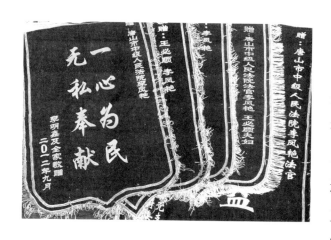

截至 2019 年年底，协会共收到感谢信 12 封，荣誉锦旗 9 面，被唐山电视台"唐山新闻 50 分"和迁西县《栗乡报》三次报道。王必顺、李凤艳夫妇收到荣誉锦旗 12 面。

迁西县妇女儿童协会尽心尽力的救助活动，像一泓温泉在迁西的大地上奔涌，温暖着广大受助人的心灵，受到党和政府以及社会各界的高度赞扬。

二、全家都是志愿者

　　李凤艳、王必顺夫妇有两个女儿，他们均已成婚，而且都有了孩子，各自家庭生活幸福美满。

　　两个女儿，是李凤艳夫妇的掌上明珠，可每当提起孩子们，李凤艳不免流露出愧疚之感，因为孩子们从小到大，忙于工作的她注定照顾不到，不能像其他母亲那样，围绕在孩子们的周围，加倍呵护。但是孩子们对母亲却特别理解，两个女儿曾经合写过一篇短文，道出了对母亲的心声：

　　"在我们的记忆里，父母每天都很忙碌，父亲是一家的开心果，有他在，每天都是欢声笑语。母亲很能干，对工作也极具责任心，能处理好各方面的事务与关系。母亲既要忙工作，还要照顾我们姐俩和奶奶一大家子，忙碌的工作让她不能有充足的时间陪伴我们，所以，精神上和物质上的东西她都会尽力满足我们，我们也能感受到她内心的不舍。周末只要不加班，母亲会带我们出去郊游、登山，一家人沉浸在大自然的美好之中。回到家，她还会亲自给我们准备一大桌子饭菜，从头到尾坚决不让我们帮忙，她说'平时你们做的已经够多了，我在家都交给我！'母亲做饭也非常好吃，小时候还会用西红柿给我们做小金鱼，栩栩如生。母亲很懂得照顾我们的感受，理解我们，我们也理解她，认真努力的工作不仅仅是对工作的热爱，更是为了给我们提供更好的生活。母亲对我们无私的源源不断的爱，对他人善意的关怀，深深的感动着、熏陶着我们幼小的心灵。她一切一切言行，都烙在我们日渐成熟的心灵里。没有什么华丽的词语去形容我们的母亲，在我们的人生中，母亲是对我们影响最大的人。

　　如今母亲退休了，工作不再牵扯她的精力，但她又义无反顾的投入到关爱妇女儿童的公益活动中去。从小冠瑛的身体就不太好，经常生病，母亲为了我们操碎了心，多年的操劳，也让她浑身上下被病痛折磨着。现在我们只希望常陪伴她，和她在一起，陪她做她喜欢的事，让她健康、快乐每一天！"

　　"随风潜入夜，润物细无声。"的确，李凤艳的一切言行，感动、熏陶、影响着孩子们，她对工作认真负责，善待他人，帮助弱者，乐于奉献，给孩子们做出了榜样！2018年春，在李凤艳夫妇的倡议之下，申请依法成立妇儿协会之时，二女儿王冠瑛主动请缨，担任协会法人。每次活动，都是提前与爱人孙浩洋、女儿孙嘉声（7岁）一起，从迁安市奔赴迁西县或者唐山市区。在她的影响下，迁安市协会小组目前会员人数已经增加到14人。大女儿王冠博，虽然有公职在身，但每每协会活动，她和爱人李英杰、儿子李骁澎（6岁）都按时到场。两个女儿带着孩子们参与活动的做法，影响了很多年轻会员，他们也在参与活动之时，带上孩子们，让小孩子们从小感受被爱护的喜悦，感受助人为乐的美好。

　　大女婿李英杰、二女婿孙浩洋哥俩，平时对岳父岳母孝顺是出了名的。在他们的眼里，岳母不仅是一位兢兢业业工作的楷模，更是一位优秀的母亲。对于岳父岳母提议成立迁西县妇

女儿童服务协会，更是坚决支持，他们表示"岳父母做公益给晚辈们做出了榜样，我们不仅仅自身要学习、参与，还要将这种精神传承下去，教育好自己的孩子，要学会感恩，将来回报社会。"

2019 年 4 月，李凤艳家庭荣获河北省妇联授予的"河北省最美巾帼志愿服务家庭"称号（全省共有 67 个、其中唐山市 5 个）。

三、尾　声

2019 年 8 月 3 日上午八时许，阳光灿烂，妇女儿童服务协会会员、志愿者、小志愿者共计 41 人，来到迁西县滦水湾公园，参加协会组织的"创建文明城，协会在行动"志愿服务活动。这 41 人中，最小的 4 岁，最大 74 岁。李凤艳和王必顺，以及他们的女儿女婿和外孙，共八口人，更是提早来到现场，大家都穿上鲜艳的志愿者马甲，准备去捡拾垃圾，这已是他们家共同的乐趣、共同的功课。

像往常一样，李凤艳对活动做了安排部署，她说："我们作为生活在这个县城的一分子，都有义务为创建文明城出力，今天我们的主要任务是清理垃圾、杂物、杂草，会员们自由结组，今天参加活动的小志愿者比较多，首先请家长们注意安全，带好自己的孩子……"

李凤艳话音一落，大家便行动起来，小志愿者们手提垃圾袋，紧紧跟随的家长，学着家长的样子，捡拾路边的垃圾，草坪中的纸屑，还抢着将垃圾往自己提的袋子里面装。

李凤艳在教外孙子李骁澎、外孙女孙嘉声捡拾路边杂物。

经常参加协会各种活动的小志愿者孙嘉声和李骁澎也不例外，他们紧紧跟在姥姥李凤艳身后，不时地让姥姥将捡拾的垃圾装在她的垃圾袋里，小嘴巴还一直不闲着，问这问那。

"姥姥，大人捡垃圾，我们小孩儿也要捡吗？"李骁澎问。

"大人要捡垃圾，小孩儿也应该捡垃圾，不但要捡，以后还要养成不乱扔东西的好习惯。"李凤艳答道。

小嘉声答应着，又喊道："姥姥这里有树枝！"李凤艳告诉小嘉声，要把小树枝折断，才能将它装在垃圾袋里面，要小心，千万别把手扎了。

骄阳似火，大人、孩子们脸上挂满了汗珠，但依然欢声笑语不断。

看着身披马甲、小大人似的外孙女和外孙子，李凤艳忽然想起了自己这么大的时候，那时每逢腊月，常是爷爷奶奶带自己去玩，去看背杆儿，爷爷奶奶教自己长大了要做个好人。时

光飞驰，一晃，"六十年一甲子"，如今她和王必顺也到了那样的年龄，时代不一样了，但有些道理似乎却没有变，都是在教孩子做个好人，就像忍字口村旁那棵枝叶繁茂的大槐树，它的年轮里已经刻下了先辈的苦心嘱托，如今 21 世纪 20 年代，也必将刻下他们 60 多年的风采，以及他们留给晚辈的嘱托和期待……

四、没有尾声

就在本书定稿之际，2020 年春节期间，一场牵动世人的阻击新型冠状病毒的战役打响！疫情就是命令，全国上下同心协力，以不同方式表达着对战疫的支持与关注。2019 年，被评为"河北省最美志愿者家庭"的李凤艳一家，又挺身而出，站在支援抗疫的前列！2 月 3 日，李凤艳与丈夫王必顺以志愿者的身份，从两人退休金中拿出 10000 元，作为捐款，支持抗疫需要。

李凤艳和王必顺把捐款交给县妇联

不仅如此，身为迁西县妇联兼职副主席、妇儿协会名誉会长的李凤艳，和妇儿协会顾问王必顺，还积极投身到迁西县妇儿协会组织的活动中，为抗击疫情做贡献，李凤艳坚持每天写抗疫日记，在他们的影响和带动下，截至2020年3月8日，迁西妇女儿童服务协会会员捐款29868元，向迁西慈善协会捐赠500只医用口罩，为贫困学生提供营养品等抗疫物资多种，凛冽的寒风中，在许多村镇、社区的防控一线，处处可见他们忙碌的身影。抗击疫情活动以来，他们的先进事迹被刊登在《栗乡报》、《唐山劳动日报》以及县、市、省和全国妇联的网络媒体上。

2020年3月，根据李凤艳在抗议中的表现，迁西县文明办向李凤艳办法了"文明迁西·最美抗疫个人"荣誉称号。

在李凤艳的带动下，发端于2017年的这股暖流，依然奔涌在迁西的大地上。

每当身着鲜艳的红色志愿者马甲服装、面带和善微笑的李凤艳，出现在迁西的山山水水之间，给需要帮助的人带去温暖的时候，人们就会联想到迁西凤凰山上空经常出现的"凤之翔"彩云……

浅谈法院文化与队伍建设的关系

李凤艳

人民法院是国家的审判机关，公正司法，一心为民是新时期人民法院工作的指导方针，公正与效率是审判工作的主题。在新形势下，人民法院既面临着"人民群众对司法的需求与司法功能相对滞后"的基本矛盾，又必须接受执法地位和司法公信力的严峻考验，能否做到公正司法，一心为民，取决于每一位法官坚定正确的政治方向，忠诚于法律的职业精神，顺应时代要求的行为准则，熟练的审判专业知识，文明司法的工作作风，也就是我们所说的法院文化。法院文化是激励法官积极向上的精神力量，是维系法院队伍整体形象的精神纽带，是法院建设的重要组成部分。加强法院文化建设已成为新世纪人民法院的一项非常迫切的光荣使命和重要任务。

一、高度重视法院文化，充分发挥法院文化的作用

（一）法院文化的含义

法院文化是人民法院在长期的司法实践中所形成的独具法院特征的意识形态、司法理念、价值观念、行为准则等精神财富以及与之相对

应的物质载体的总和，是法院群体在司法活动中所持有的共同理念和价值观，是社会主义文化的有机组成部分。

（二）法院文化的内容

先进的法院文化是法院工作的灵魂，它包括三个层面：精神文化、制度文化和物质文化。精神文化是核心，贯穿文化建设的全过程，需要采取多种有效的方式来实现；制度文化具有约束力，用来规范和制裁法官违纪行为，保障法院文化建设的顺利进行；物质文化是精神文化建设的基础，改善办公环境，提高法官福利待遇，是防止法官接受金钱诱惑的基本保障。法院文化建设是一项系统工程，需要三个层面同时进行，相互促进，才能保证法院文化建设目的的实现。

（三）法院文化的功能

法院文化是一个完整体系，法官、法警及其他法院工作人员是缔造法院文化的主体，法院文化作为一种理性和自觉的文化，其功能主要有：一是导向功能。法院文化通过整体价值的认同来引导法官形成正确的人生观、价值观和权力观，使他们在文化的深层次上自觉的结成一体，朝着一个共同的目标努力。二是凝聚功能。法院文化是凝聚法院整体力量的粘合剂，使每位法官产生对法院的认同感、使命感、归属感和自豪感，从而凝聚人心，集合战斗力，增强司法能力。三是约束功能。接受先进法院文化的影响和熏陶，法官对其社会责任感等精神要素有了更透彻的领悟和理解，使自己的言行和思想与法院整体价值保持相同的取向，自觉约束个人的行为，有效防止违法危机事件的发生。四是激励功能。法院文化通过对表现突出或有特殊贡献的人员给予荣誉或物质奖励，最大限度地激发他们的工作热情，对有过失的人员给予惩罚和处分，促其改过自新，从中受到教育，引以为戒。五是感召功能。先进的法院文化能够展现法院和法官的良好形象，让当事人及社会公众更加了解法院和法官，增加公众对法院和法官的认知、信赖和赞许程度，不断增进社会对法院工作的理解、信任和支持，从而推动法院工作健康有序地发展。

二、彰显法院文化，以法院文化促进队伍建设

人民群众之所以相信法院，与法院文化的稳定性紧密相关，为实现司法公正与效率，不断更新执法理念，吸收先进的司法经验，是法院文化建设永恒的主题。高度重视法院文化建设，通过文化建设凝聚人心，鼓舞士气，为做好各项工作提供了精神动力和智力支持。

（一）突出三个重点，促进法院规范建设。一是不断加强领导班子建设，加强队伍建设，领导班子是关键。领导班子坚持以作风建设为龙头，以作风建设为基础，以群众满意为根本，做到既各司其职，又密切配合，处处起表率带头作用，为法院全面工作的开展奠定扎实的基础。二是进一步完善法院管理。坚持以科学的制度引导人，制定和完善工作失职失误责任追究制度、廉政基金制度、审判委员会制度、信访接待制度、司法调解制度、法院工作管理制度等，将法院工作纳入制度化、规范化轨道，才能有效约束和规范司法行为。三是保证审判工作的有序运行，实行审判流程管理，对审理的案件进行全程跟踪，同时开展案件评查活动，加强对审判过程和结果的控制，建立审判管理长效机制，认真践行司法为民宗旨，努力构建司法调解体系，把调解工作融入审判、执行各个环节。

（二）从四个方面着手，抓好精神文化建设。一是重点加强思想政治教育，严格落实党组集中学习制度，采取多种形式，做到学

习制度化、经常化、系统化。同时开展"知荣辱、树新风、构建和谐社会"和"社会主义法治理念教育"活动，不断用社会主义荣辱观、社会主义法治理念更新司法理念，强化法官职业道德，升华法院精神内涵。二是全面加强业务建设，有计划分层次开展各类业务培训活动，召开案件研讨会，组织法官撰写学术论文，举办法官论坛，评选优秀裁判文书专题调研等活动，增强法官的综合素质，提高法官的司法能力。三是精心打造文明法院，主题活动丰富多彩，开展经常性的爱国主义教育，为提高法官的社会责任感，经常组织法官开展社会活动，通过形式多样的主题活动，使法官对法院文化精神入脑入心，自觉树立责任观念，推动法院文化活动向更高的层面和更深的层次开展。四是以情带景，实施人性化管理。领导班子对法院队伍坚持政治上关心，工作上支持，积极为干警做实事，办好事。通过系列人性化活动，形成相互辅助团结和谐的同志关系，极大的增强全院的凝聚力和向心力，营造良好的工作氛围。

三、弘扬法治精神，推进法院文化建设进程

法院文化建设是一项系统工程，是法院管理科学化、规范化的必然选择，建设法院文化，必须推进司法体制改革和法官职业化建设，提高法官队伍的整体素质，保障司法公正高效为核心，用社会主义荣辱观和社会主义法治理念，丰富现代司法理念，强化法官职业道德，用先进的法院文化彰显司法文明。

（一）加强领导重视程度，做好法院文化的组织决策。

领导班子是法院文化之源，领导班子不仅要做法院文化的积极倡导者，还要做法官文化的率先垂范者。法院领导应当明确自己在法院文化方面肩负的重大责任，要做到高瞻远瞩，坚持提升自身精

神境界与培育法院精神的统一；以身作则，坚持带头弘扬法院文化与引导法院成员实践法院文化的统一；持之以恒，坚持以法院文化促进审判和管理与在新的审判、管理实践中进一步升华和发展法院文化的统一，从而对法院成员产生导向、熏陶、激励和制约作用，使法院文化深入人心。

（二）提炼法院精神，促进司法公正。

法院文化建设的落脚点是司法公正，坚持正面教育为主，使法官树立先进的职业理念，弘扬"公正、文明、和谐"的法院精神。对法院精神的提炼，是一个法院文化的核心，也是提高司法水平，促进公正的思想基础和导向动力。

（三）坚持以人为本，增强干警的归属感。

法院文化的精髓是重视人的价值，因此，应该把实现法院整体价值和个人价值统一起来，既要重视人的因素在审判实践和法院管理中的决定性作用，充分调动法院整体的积极性、创造性，又必须理解、尊重、关心、培养人，满足他们的物质和精神需求。经常组织开展各式各样的主题活动，如演唱会、联谊会以及各种比赛等等，在活动的潜移默化中陶冶情操、提高修养，进而增强法院的凝聚力、战斗力和归属感。

（四）坚持学习制度，建设先进法院文化。

法院文化与建设学习型法院相结合是时代发展的需要。法院文化应当以学习为主要途径，通过学习促进文化建设，提升法官素质，最终实现司法公正。法官一方面要具有高尚的道德情操，高尚的职业道德，深刻的人文关怀精神，高度的廉洁自律意识；另一方面还要具有过硬的专业知识，深刻领会立法原则和精神，善于运用法律原则，树立起法律的权威。要做到这些，要求法官必须具有广博的知识，深厚的法律功底、敏捷的思维，而这一切都离不开学习。

　　总之，先进的法院文化是法院工作的灵魂。加强法院文化建设，要以加快法官职业化建设，提高法院队伍整体素质，保证公正司法为核心；以推进管理机制创新，提升规范化管理的层次与水平，实现法院人文管理为保障，以加强物质装备建设，丰富法院文化载体与平台，打造良好的人文环境为基础，以培育法院精神、更新司法理念、强化职业道德、营造崇尚法律、凝聚人心的良好氛围为着力点，通过不断提炼、弘扬、充实法院文化建设的内容，全面释放司法的功能和价值，实现维护社会公平与正义的历史使命。

（载 2006 年 12 月 26 日《河北审判》，获"好文章"栏目二等奖）

青少年维权保护的思考

李凤艳

　　青少年维权是指维护青少年的合法权益，预防和减少青少年犯罪，为青少年的健康成长提供服务，促进社会文明进步。人民法院作为国家的审判机关，在维护青少年合法权益，在社会体系中占有着重要的地位，担负着神圣的使命。然而，人民法院的司法保护也存在着一些令人堪忧的短板，主要表现在：审理未成年人犯罪案件的

审判力量不足；审判经费紧张；审判人员创新思维不强；业务能力有待提升，就案办案的思想需要转变；审判过程粗放，方式单一；对未成年人犯罪缺少跟踪、回访工作，这些问题的存在，严重制约了青少年维权工作的开展。

人民法院要自觉地将维护青少年权益，作为司法工作的一个重要层面，认真贯彻执行相关法律规定，全面落实青少年维权工作的各项要求，坚持将"教育、挽救、感化"的工作方针，贯穿于审理涉及侵害青少年权益和青少年违法犯罪的始终，形成打击与维权并重，预防与矫治交叉的工作模式，在建设青少年健康成长的大环境中起到应有的作用，力争取得良好的效果。为此，笔者认为应从以下几个方面着手：

一、坚持"四勤四细"，注重审判过程

坚持"四勤四细"的工作思路，即：庭前勤走访，掌握情况细；法律勤讲解，维权工作细；注重勤教育，思想工作细；判后勤回访，帮教工作细。案件审理前主审法官采取同未成年犯罪嫌疑人本人见面、与监护人见面、与未成年犯罪嫌疑人的单位或学校见面，深入了解未成年犯罪嫌疑人过去的表现，思想作风，道德品行，家庭情况及社会影响，从中发现被告人的个性特点，成长过程中有无劣迹史及作案动机，归案后的心理状态，从而做到在庭前基本掌握被告人犯罪的主客观原因，主观恶性程度，危害大小及归案后的心理变化，为庭审找准"切入点"，为选择审理方式、方法奠定基础。案件审理中，法官坚持不厌其烦地向未成年犯罪嫌疑人宣传法律知识，促使他们知法懂法，真正从内心悔过，并认真对待违法犯罪应承担的法律后果，同时，法官还从做好未成年的思想政治工作入手，引导他们悔过自新，守法纪、讲道德、讲理想，把审理案件过程变为未成年犯罪嫌疑人转变思想、提高觉悟的过程。案件审理后，主审法官组织被告人与亲属、老师座谈，让被告人感受亲人、老师的关心，增强亲情呼唤的效果，并且在回访帮教的过程中，法官给每一个未成年犯都建立了个人档案，对未成年犯罪嫌疑人判后思想状态、改造情况、工作生活表现、帮教措施的落实情况等都记入档案，以便适实修正帮教重点，帮助未成年人解决实际问题，树立信心。

二、改革审判方式，执行圆桌审判

传统的法庭设计格局有利于对被告形成震慑力，但是这种审判方式不一定适合未成年人，未成年人心智并不成熟，坐在铁栅栏围住的被告席里接受审判，可能会对他们造成极大的心理压力，极不利于以后的教育、感化和挽救。在庭审中，允许青少年的父母参加圆桌审判，努力化解青少年对立、紧张的情绪，并充分发挥公诉人、法定代表人、辩护人和法官的作用，开展全方位、多角度的庭审教育活动。法官在开庭前精心设计教育方案，分配不同人员在庭审中的教育内容：公诉人在评审教育时，以宣传国家法律为侧重点；辩护人以阐述被告人的可塑性为重点；法定代表人以亲情的呼唤为侧重点。法官通过教育让未成年被告人树立改过自新、重新做人的信心和决心，从而营造平等的庭审氛围，体现对未成年被告人的人格尊重，并通过以人性化、亲情化的方式感化他们，使被告人感受到家庭般的温暖，最大限度的减轻未成年被告人的恐惧和抵触心理，切实做到对未成年被告人的司法保护。

三、细化审判节点，强调"立体维权"

在审判的每一个环节上充分维护青少年的合法权益，将维权领域扩大到立案、审判、执行和审判监督各个环节，民事、刑事、行

政齐抓共管，形成上下级法院联动机制，做到全方位立体维权。将与未成年人成长相关的子女抚养纠纷、抚养费纠纷、变更抚养关系纠纷、监护权纠纷、探视权纠纷、涉及未成年人的继承纠纷、道路交通事故人身损害赔偿纠纷、侵权人或被侵权人是未成年人的特殊类型侵权案件，以及易引发未成年人犯罪的故意伤害、非法拘禁等刑事案件都给予高度关注，开通绿色通道，针对涉及未成年人的特殊性，实行优先立案、优先开庭、优先调判、优先执行，并将调解贯穿到审判的整个过程。不以简单了结案件作为案件审理的最终目标，而是力求法院法律效果与社会效果的统一，把"不能让孩子停一天课"作为处理涉及青少年维权案件的一项重要原则，既不耽误青少年学习，又让家长节省诉讼开支，从而使青少年的合法权益得到及时有效的保护。特别是在办理未成年被告人犯罪案件过程中，及时通知被告人、辩护人出庭行使相应的诉讼权利，确保每一个未成年人被告人都有律师为其辩护。对于因经济因素未聘被聘请律师的未成年被告人，主动要求法院援助中心为他们指定辩护人提供援助，确保未成年被告人的辩护权。对侵害未成年人利益的刑事案件，敦促被告人家属积极退赔、赔偿、补偿被害人的经济损失，并对被害人进行走访，帮助被害人增强自我保护意识，有针对性地做好教育疏导工作，促进其身心健康发展。对被害人提起附带的被告人未能及时履行赔偿义务的案件，判决生效后协助被害人及时提出执行申请。

四、延伸法律触角，畅通"四个渠道"

大力开展面向青少年的法制宣传，针对青少年的身心发展特点，创新宣传方式，善于通过青少年喜闻乐见的各种方式开展宣传，有效地实现宣传效果。一是充分发挥法制校长的功能。与有关学校联系，派出资深法官担任法制副校长，定期到学校履行法制讲座，选择学生因好面子而盗窃，因早恋而受伤害，因讲朋友义气而打架斗殴等类型的案件，以通俗易懂的案例向同学们传达法制的内涵。二是与本地主要报刊联系，创办青少年法制教育专栏，每周由法官执笔撰写一篇普法宣传文章，这些文章既包括未成年人犯罪的案例，也包括帮助青少年识破陷阱，增强自我保护能力的劝说。三是每年组织指导学生开1—2次模拟庭，帮助挑选案例，撰写庭审提纲，由学生们扮演相关的角色，通过活生生的事件宣传法律，消除青少年法律认知上的迷惘。四是对未成年人犯罪的家人进行法制宣传教育，针对审理案件过程中发现的家庭矛盾和家长责任，由法官在庭审后对家长提出批评教育，进行法制宣传，切实提高家庭在预防矫正中的作用。

五、采取"五项措施"，放心工作方法

努力开展延伸帮教活动，促进犯罪青少年改过自新，法官除完成案件审判工作外，还以满腔的热情将挽救、援助之手伸向庭外，通过五项有效措施，努力帮助那些失足青少年迷途知返。一是建立青少年维权热线和维权信箱，将立案庭和刑庭的办公室电话向社会公布，随时有人接听青少年维权方面的法律咨询和求助。二是每年发动全院干警为青少年基金会捐一次款，主要用于失足青少年的帮助。三是坚持承办法官每年对失足青少年至少通一封信，并与社区人员一起对失足青少年做一次回访，了解失足青少年的心理状态，及时提供有益的指导。四是每年为失足青少年订一份法治刊物，使他们处处感受到党和政府的关心，自觉地改过自新。五是对办结的未成年人犯罪案件，要求承办法官认真分析本案中未成年人犯罪的

成因，针对社会预防体系的不足，让有关部门发出司法建议，特别是针对学校周边环境复杂，严重影响职工及学生安全的情况和加强文化市场管理，净化文化产品，堵住录像厅、迪厅、网吧等娱乐场所将青少年传播暴力、色情等不健康文化源头等问题，及时向教育局、文化局、公安局发出司法建议函，使存在的问题得到及时解决。

参考文献：

（1）韩丽敏：《清丰县法院倾力打造青少年维权案件》

（2）王樾：《关于圆桌审判模式的思考与完善》

（3）李丽鹏、苏建国、史锡刚：《青少年维权工作机制研究》

（4）王青：《谁来替青少年维权》

（5）卡特考斯基著，叶泽善译：《青少年犯罪行为分析与矫治（第五版）》

（载 2013 年 9 月全国基层法院第七届女院长年会论文集）

附二： 李凤艳学习、进修与社会兼职情况表

时　间	学　习　院　校	专　业	备注
1976.12—1978.2	河北昌黎农业学校	果树专业	毕业
1991.8—1991.11	唐山市人事局	公务员行政规范培训	合格
1994.11—1997.7	中共河北省委党校	经济管理专业	大专毕业
1997.8—1999.12	中央党校函授学院	政法专业	本科毕业
1998.7	国家法官学院	基层法院院长培训	合格
1999.4	国家法官学院	《合同法》培训	合格
1999.11	唐山市委党校	县级干部进修	合格
2000.11—2002.1	哈尔滨工程大学	研究生管理科学与工程	结业
2003.11	国家法官学院	环境法律实务培训	合格
2005.11	国家法官学院	基层法院院长培训	合格
2007.4	国家法官学院	法院院长培训	合格
2007.6	河北高等教育自学考试委员会、河北大学	法律本科自学考试	本科毕业
2010.7	国家法官学院	培训班	合格

时 间	兼职单位	担任职务	备注
2005.9	河北理工大学	兼职教授	
2008.5	河北政法职业学院	客座教授	
2008.12	中国女法官协会	理 事	
2009.11	唐山市新华西道小学	行风监督员	
2013.5	中国公益在线	记录者	
2018.8	迁西县妇儿协会	名誉会长	
2019.5	迁西县罗家屯镇教育办公室	校外辅导老师	
2019.5	唐山市中级人民法院	编纂院志等	
2019.7	唐山市老年健康科普协会	顾问	
2019.11	唐山市人大法制委员会、唐山市司法局、唐山市妇联	唐山市法规政策性别平等专家组成员	
2019.12	唐山市老科学技术工作者协会法律分会	副会长兼秘书长	

附三：李凤艳 1981 年—2020 年所获荣誉一览表

授予单位	颁发时间	所获荣誉
共青团迁西县委	1981 年 1 月	优秀团干部
迁西县人民政府	1983 年 3 月	模范工作者
迁西县人民政府	1984 年 4 月	记 功
中共迁西县直属机关委员会	1991 年 1 月	优秀共产党员
中共迁西县委、迁西县人民政府	1992 年 2 月	先进个人
中共迁西县委直属机关工作委员会	1992 年	优秀共产党员
中共迁西县委	1992 年 3 月	优秀社教工作队员
迁西县人民政府	1993 年 2 月	模范工作者
迁西县妇女联合会	1994 年 2 月	三八红旗手
河北省高级人民法院	1996 年 1 月	二等功
中共迁西县委、迁西县政府	1996 年 3 月	先进信访工作者
迁西县社会治安综合治理委员会	1996 年 3 月	综合治理先进个人
中共迁西县委	1997 年 7 月	优秀共产党员
中共唐山市委党校	1998 年 12 月	优秀学员
中共中央党校函授学院河北分院	1999 年 12 月	优秀学员
河北省高级人民法院	2001 年 2 月	二等功
河北省高级人民法院 河北省女法官协会	2002 年 3 月	模范女法官
迁安市市委、人民政府	2002 年	二等功
河北省高级人民法院	2002 年 3 月	一等功
中共唐山市委	2003 年 6 月	县级优秀领导干部
唐山市妇女联合会	2005 年 3 月	三八红旗手

中共唐山市委	2005 年 6 月	县级优秀领导干部
唐山市委组织部、预备役某师政治部	2005 年 8 月	优秀预备役军官
河北省妇联	2006 年 3 月	三八红旗手
中共唐山市委 唐山市政府	2006 年 3 月	工作先进个人
中共唐山市委	2006 年 7 月	县级优秀领导干部
唐山市中级人民法院	2007 年 1 月	优秀基层法院院长
中共唐山市委	2007 年 7 月	县级优秀领导干部
唐山市中级人民法院	2008 年 1 月	优秀基层法院院长
河北省政法委、河北省社会保障厅等	2008 年 6 月	河北省社会治安综合治理先进个人
中共唐山市委	2008 年 6 月	县级优秀领导干部
唐山市南湖生态城西北片区	2010 年 3 月	特殊贡献奖
中华全国妇女联合会	2015 年 3 月	全国巾帼建功标兵
中国公益在线	2016 年 12 月	优秀公益记录者
河北省妇女联合会	2019 年 4 月	河北省最美巾帼志愿服务家庭
河北省迁西县文明办	2020 年 3 月	文明迁西·最美抗疫个人

　　（本书中李凤艳、王必顺的工作照、生活照，由其本人提供；其余除标明者外，均由孙秀华拍摄或提供。）

后　记

我与李凤艳认识，要追溯到 20 世纪 90 年代初期。

那时，我与她都在唐山市法院系统工作，经常一起参加相关会议，她朴实开朗，热情好客，总是身着法官服，一头短发，显得英姿飒爽，干练大方，平时讲话抑扬顿挫，略带有一点儿迁西本地方言的味道，但听起来非常入耳。在一些联谊活动中，她安排周到，处事得体，博得人们的赞许。

1999 年，我离开了法院，进入检察院，虽然不在一个系统工作，又相隔较远，但多年来，我俩并未失去联络，仍然续写着那份纯真的友谊。

2017 年末，我们在天津小聚，说实话，我特别佩服李凤艳，她在法院任职，干的是那样出色，获得的荣誉无数，令我羡慕不已。我劝她，退休后要好好休息一下，养养生。没想到她仍然不闲着，组织了"凤顺亲情缘"志愿服务团队，还要申请成立"迁西县妇女儿童服务协会"，救助贫困妇女儿童，并给我加上一个"指导老师"的头衔，把我也拉了进去。

　　热心于扶危济困，是她多年的习惯，并不是因为家境富裕。2018年春节过后，我第一次去到她家，唐山市区内一个普通的住宅小区，一套一百多平方米的单元房，室内摆设简单，没有一件精致、高档的家具和电器，不少家什都应该进垃圾箱了，墙角那把绿色塑料壳暖水瓶，看上去已经老旧的不成样子，暖瓶的"脖子"部位，还用透明胶布粘上了，我问她这还能用吗？她说能用，用了二十多年了。她说自己有个习惯，老物件只要能用，就从来不扔，有的即使不能用了，也留着，家里这样的"古董"不少。说完，又从阳台的架子上拿来一台录音机让我看，"录音机是1992年在迁西县司法局工作时买的，一直跟随我，辅助我学习，帮我拿了几个文凭，立了大功！如今尽管没法用了，也要留着作个纪念。"

　　"我和王必顺，生自农村，奋斗几十年，从农村来到了城市，退休后生活温饱有余，我很满足。可是，父老乡亲有的生活还有困难，尤其是一些妇女儿童，还需要帮助。"

　　李凤艳的一席话，让我明白了她成立迁西县妇女儿童服务协会的初衷，也让我对李凤艳有了更深一步的认识，她是个有一定地位的女人，但无论是在工作中，还是在生活中，李凤艳都是严格要求自己，高调做事，低调做人。她从来不化妆，没有奢华的衣服、首饰，她把节省下来的钱，捐赠给那些需要的贫困妇女和学生，捐赠给那些素不相识、但需要帮助的人。

　　2018年8月12日，迁西县妇女儿童服务协会成立之后，凡是重大活动我都参加了，李凤艳身为名誉会长，总是事事操心，任劳任怨，力求将每件事情都做到极致。有时协会慰问贫困妇女儿童，一天要去几个村子，多户人家，她都是走在前面，跟大家一起去现场，简直就是一个不知疲倦的人，依然保持当年那股子"拼命三郎"的劲头。在跟随协会活动的过程中，我搜集到许多发生在李凤艳身边的故事，也亲眼看到了人们对李凤艳的喜爱和赞扬，那一面面枣红色的锦旗，都是一段段生动的记载，于是一个想法便萌生了：这样一个忧国忧民、性格鲜明的女子，不是很值得人们学习，很值得写一写吗？

但描写一个人几十年的经历，相当不易，于是我便邀请文友、知名作家杨迎新老师合作，共同完成这一艰巨任务。我们经过近一年的采访了解，查找资料，搜集素材，构思谋划，完成初稿后又几次补充修改，最后于 2020 年 3 月完稿。

因时间紧迫，受各种条件限制，以及我们能力有限，本书难免有不妥之处，诚恳欢迎读者批评指正。

本书在出版过程中，得到许多人的热情帮助，在此一并致谢。

孙秀华

2020 年 5 月 12 日

于天津·滨海·馨园